風鳥皮諾查

劉克襄 動物故事

風鳥，鳥類學家對鴴鷸科水鳥的暱稱。
取這個別號的原因與他們的習性有關，
因為在候鳥遙遠、漫長又具危險性的遷徙過程中，
鴴鷸科水鳥始終展現神祕的飛行、奇特的鳴叫。
這種隨風來去的詭異行為，一直引人對自然產生無限的遐思，無盡的冥想。
比較其他鳥種的好動性格，風鳥也彷若是善於沉思的動物。
他們在開闊大地上單腳佇立，
寂然不動的身姿，是最教人著迷的一幕；
而他們的灰褐羽色，包含層層無法形容的果敢與毅力，
更讓人聯想起流浪、冒險與漂泊。

劉克襄動物故事 總序

動物小說是一座森林

在我們居住的星球上，一座擁有許多高山的島嶼，位於海洋和大陸的交界，又坐落在溫度適宜的緯度，這樣允當的自然環境，其實並不多。

我很有福氣，正好在其中的一座出生，並且平安地長大。更幸運的是，從青少年起，在雙親呵護，生活無虞下，擁有足夠的時間和機會，在島上長期觀察自然，認識各地山水，逐一見證它廣泛而多樣的地理風貌。

經歷多趟豐收的生態旅行，我才逐漸打開視野，接觸到許多動物。同時，透過當代生態保育觀念、自然科學新知，以及各地狩獵風俗文化的洗禮，更深入地見識，各種動物精彩而奇特的習性。

如此豐饒的生態環境，以及多樣的動物內涵，作為書寫題材的基礎，無疑也是上蒼賜予一位創作者最大的資產。我自當努力，嘗試透過不同的敘述風格和書寫技巧，展現各種動物的生命意義。並且自我期許，希望更多台灣動物的生命傳奇，經由自己筆下的故事，展現這塊土地動人的自然風貌。

提到以動物為主題的小說，相信許多讀者不免直接聯想到兒童文學。許多創作者，在思考這類題材的創作角度和內容時，恐怕也會假定，以兒童或青少年為閱讀的對象。

久而久之，因為文學潮流的趨勢，影像媒體的興盛，或者以晚近創作呈現的質量評估，這類以動物為主題的文學創作，難免被放置在一般兒童文學的位階。現下文學學術詞典、百科全書在定義時，更視為兒童文學的領域。

這種理解的趨勢，似乎存在著某一種認知，把動物形象和動物小說所承載的廣泛可能，局限在兒童的喜愛與領悟層面。文學風潮如是發展，個人覺得未免可惜。

過去，在敘及動物小說時，我每每想起吉卜林《叢林故事》（1894）、傑克·倫敦《野性的呼喚》（1903）和歐威爾《動物農莊》（1945）等等，不同階段經典動物小說經典的內涵，乃至晚近李查·巴哈《天地一沙鷗》（1970）、柏納·韋伯《螞蟻》三部曲（1991～1996）之類現代動物小說的標竿，各自有其深沈的寓意，揭櫫動物故事的多樣繁複。

世界各地皆有如此精彩的動物小說典範，反映作者家園的生活意識和土地情感，那麼台灣的動物小說呢？

我在書寫動物故事時，其實很少定位於孩童閱讀的想像，毋寧是期待更多擁有純稚心靈的成人，一起享受動物世界的奧妙。進而珍愛和尊重，這個地球上，不同於人類文化，或者更為重要的自然文化。

在文學命定的議題裡，人類和動物之間的關係，絕不止是反映動物與動物、動物與人類之間的感情交流，或者只是把這種交流賦予豐富的人性解釋。我總是想辦法擴充視野，嘗試著使用更新形式的敘述，摸索更多尚未被人類所理解的領域，以及尋找更大的價值。

現代的動物故事，何妨越過兒童世界的層次，進入一個混沌的起跑線，重新設定更多可能的原點。它一方面是對大自然的禮讚、哀歌，或關懷動物生存的論述，一方面更可能是人格成長的小說，心靈冒險的故事，兼而反省人類文化的發展。

進而言之，動物小說做為一個自然寫作的界面，既非那麼孩童似的愚騃，但也不必屢屢背負人類破壞自然的原罪。面對地球日漸暖化、雨林遭到濫墾、水資源缺乏等危機，一個寫作者，除了站在第一線抗爭，更大的責任是栽植夢想和希望。

儘管這課題需要長時的蘊釀、培養，但每回我寫出一部動物故事時，那無可言喻的喜悅和滿足，彷彿成功地護守了一座森林的欣然成長。我快樂地想像著，每一位讀過這些動物故事的孩童或大人，在心裡也悄悄地滋生了一座森林。

將來，這座森林會逐漸蓊鬱，逐漸延伸出去，最後和地球上的每座森林、每座海洋，親密的結合。

修訂版序

風鳥還好嗎？

早年西方鳥類觀察家，在海岸觀察鴴鷸科水鳥。看到牠們一起飛行，一起轉向，一起降落。千百隻如一隻，安靜而寂然，卻來去迅快，因而給予了風鳥的美譽。

風鳥族群多半是冬候鳥，棲息的位置以溼地為主，舉凡沙灘、水田、河岸和沼澤等開闊的環境，都不難發現牠們的蹤影。本書主角皮諾查這一屬種的環頸鴴，棲息的環境較為特殊，不止在上述的溼地活動，還花了不少時間，進入海岸旁邊的沙丘，在這個寸草不生的場域逗留，尤其是在繁殖季節。

台灣是地球上風鳥非常重要的過境之地。每年春秋二季，都有許多風鳥經由此，南下北上，或者停留下來避冬。《風鳥皮諾查》一書的背景位置，在淡水河口北岸。過去，這兒也是一處風鳥的大驛站。

當初，為何會撰寫這部小說，主要緣自於我在此地的奇特遭遇。《風》書完成於九〇年代初，但八〇年代初，我已經在此地觀鳥。

1983年4月在淡水河河口北岸沙地拍攝風鳥。（攝影：何華仁）

那年冬天，我從北海岸的野柳南下，想要尋找一個適合觀察的X點，也就是候鳥的驛站，進行為期一年的觀察記錄。我急切地想藉著這種調查，深入地瞭解一塊溼地的變化情形。從地理位置研判，淡水河河口是我最為鍾情的位置。

時隔二十多年，我還清楚記得，初次抵達那天，寒流來襲，大地飛沙走石。在接近八級，酷寒的海風下，我獨自扛著相機背包，手拎著腳架，緊縮著身子，辛苦地走進海岸。

我原本還樂觀地以為，海岸應該有不少風鳥和鷺鷥科鳥類棲息，但河口著名的石滬區，竟然毫無鳥影。那天，大概都被寒流嚇跑了。四下張望，觀察一陣子，方才發現開闊、平坦而灰黑的海岸線，居然還有一隻小鳥，在強勁的狂風中，勇敢地佇立著。而且是單腳佇立，背對著陸地，面向海洋。

這麼寒冷、肅殺的海岸，還有一隻小小的孤鳥，像一位旅行許久的行吟詩人，浪跡至此。牠緊縮著自己，堅定地站在兩個自然世界交會的邊緣，彷彿呼應著我的到來。看到這個場景，不禁熱淚盈眶。

我彷彿遇見平生素未謀面，卻十分親切的朋友。慢慢地接近，試著過去打招呼。距離大概剩下十來公尺時，牠機警地放下腳，準備離去。我有些顧忌，稍微蹲下，不再移步，安撫牠。牠才放下警戒之心，但腳不再縮回去了。

又過一陣，試著踏前一小步。結果，牠也往前快跑幾步，始終保持一個適當的間隔，不讓我過於接近。就這樣，我們一前一後，在海風狂吹的沙灘上，逆著風，緩慢地沿著潮汐線移動。

一隻小風鳥，還有一個背著背包的大人，一起在遼闊的海岸走路。你可以想像，那種滑稽的畫面嗎？

但這還不是我最大的感動，接下來發生的事，更教人驚奇。

從那天起，沒隔幾天，我便騎著摩托車，從當時寄居的永和，迢迢趕來此報到。那時，我清楚知道，河口的石滬是許多海岸生物棲息的溫床。退潮時，大片石滬裸露出來，當地婦人會按時來撿拾海瓜子，許多風鳥和鷺鷥科水鳥也集聚在此地覓食。皮諾查這一族亦然。

1985 年 3 月在淡水河河口石滬區賞鳥。（影像來源：劉克襄）

等海水再漲潮時，石滬消失了，水鳥們或許會飛進內陸休息。但也有不少，懶得飛遠，就停棲在旁邊的沙岸，尤其是天氣良好的時日。這塊沙岸面積寬廣，沙丘優柔的起伏。每天，不同風向的海風，都會吹拂過沙丘，像人類在清晨用梳子梳理頭髮一樣，這片沙丘總有新的面貌。不過，天候惡劣時，多數鴴鷸科水鳥，寧可飛進更內陸的沼澤避寒，也不願在此，忍受風沙的吹襲。

只有皮諾查這一種環頸鴴，奇蹟似的，繼續待在沙丘的環境，或者像我先前遇見的，孤單地在海岸上活動。這時的海岸幾無生命跡象，牠在那兒形影孤單地生活，到底是為了什麼？還有，當其他風鳥集聚在石滬快樂的覓食時，牠也悄然地走進沙丘，又是為何？除了生態習性的不解，我心頭湧上更多的是，對這種小風鳥奇特行為的遐想。

春天時，天氣暖活了，候鳥準備返鄉，河口集聚的水鳥逐漸增多，變得熱鬧異常。環頸鴴也加入了這個準備北飛的行列。這時候鳥們的皮下脂肪積存最為豐厚，羽毛也燦然煥新，色澤變得更加亮麗。當西南風吹起，候鳥們便逐批起飛，遠離台灣，回到北方的家園繁殖下一代。多數環頸鴴不落人後，紛紛離去。

以前，到了夏天，我們總以為所有冬候鳥都會遠離。事實並不然，在海岸，還是有少數風鳥留下來。過去，鳥類學家認為，這些留下來的風鳥，多半是亞成鳥，還未達到傳宗接代的年紀。或者是年紀太大，無法負荷長遠遷徙的跋涉，因而選擇了滯留。

然而，皮諾查這一族顯然更為適應南方的氣候。牠們不止在北方傳宗接代，同樣的時間裡，在台灣海岸的石礫地，也有不少環頸鴴，正在進行交配、產卵、育幼的行為。牠們

是風鳥裡，少數在南方仍有繁殖行為的。

更不可思議的是，除了石礫地，環頸鴴還在沙丘築巢。夏天時，沙丘上的溫度經常高達攝氏四十多度，幾乎可以在鐵皮上煮荷包蛋了。但這兒還是有少數的環頸鴴，努力地生存著。

我相信，冬天時，自己在淡水河口遇見的那一隻，勢必也在裡面。牠結識了其他異性，選擇在沙丘的某一沙坑產卵，進行艱困的孵蛋和育雛工作。我們或許認為，怎麼會有這麼傻的風鳥，選擇了如此嚴苛的環境，但站在環頸鴴的角度，或許這是一種生存策略。牠的天敵們，比如貓狗，這時就不會貿然進入這個環境溜達，蛇類也較少爬進來遊蕩。多數動物會以為，這麼酷熱類似沙漠的環境，不適合生存。環頸鴴則逆向思考，積極地在此挑戰。

其實，像環頸鴴這樣，選擇沙岸繁殖下一代的動物，還真不少。同樣是飛鳥的，還有小燕鷗。後來，我在大肚溪河口，便曾目睹飛行技術精湛，像F十六般敏捷的小燕鷗，和環頸鴴築巢為鄰，彼此保持一段距離，相安無事。

日後還有一則有趣的奇聞，在澎湖山水的沙岸發生。有隻綠蠵龜半夜上岸，爬到沙丘挖坑產卵後，天色正亮。我看到一隻環頸鴴飛過來，跑去探看牠，竟然落腳在龜背上。

1983年在沙丘上廢棄的碉堡，觀察環頸鴴的繁殖過程。

（攝影：劉克襄）

那年夏天，我繼續走訪沙丘，身上還多帶了一把小鏟子。為了仔細觀察牠們如何繁殖，特別選了一個廢棄的碉堡，做為鳥瞰的工作室。每早抵達，便架起望遠鏡，鎮日從那兒遠眺牠們。

為何多帶一把小鏟子，主要是擔心風沙太大，把居住的碉堡掩蓋了，或者遮住視野。我隨時得挖沙，保持室內的暢通。此外，為了減少環頸鴴的戒心，還在沙丘上，挖了一個適合趴躺的小坑。我經常端著相機，小心地爬過去，藉此更接近牠的巢區。

只是，夏天時刮西南風，照樣飛沙滾滾。此時雨水更少，飛揚的沙石較為乾燥而密集。一天下來，我彷彿在水泥工廠作業，全身總是沾滿大量塵土。

環頸鴴的幼鳥，一破殼，全身絨毛早已長好，沒十幾分鐘，就能在沙丘上小跑，速度不下於一隻老鼠了。牠們是早熟性鳥類，童年生活極端嚴酷。在蛋殼即將啄破前夕，小鳥彷彿一位登陸作戰的士兵，早就備妥武裝，就定戰鬥位置了。也唯有在這樣快速短暫的成長下，牠們才能度過沙丘的嚴厲考驗。

環頸鴴幼鳥的色澤如同地面的沙石。保護色如此周密，從空中或陸地，都很難發現。出了殼，牠們不需要成鳥悉心照顧，除了到處遊蕩，更會跑進灌木叢躲藏。成鳥還不一定知道牠們躲在哪裡。當成鳥飛回來，啣著食物準備餵食時，牠們就會主動從隱藏的區域出來，叨取食物。

夏末時，這兒又逐漸熱鬧起來。皮諾查這一族的人口似乎也增多了，但到底是北方南下的，或者是在河口出生的，就難以分辨了。總之，這個河口一直扮演著重要的驛站，即是海岸生物的溫床，也是候鳥的必經之地。

過去，沙岸往往被人類視為荒蕪的貧瘠之地，欲除之而後快，毫不考量它在海岸生態所扮演的功能。以前，我們也習慣將這類環境，開闢為海水浴場，或者修築成小漁港、垃圾掩埋場。現在還開放，作為越野車奔馳、音樂演唱會等等活動的環境。更有甚者，公家機關以為，沙丘海岸擋不住風浪的侵襲，為了保護內地的安全，還沿著沙灘，大量地堆疊消波塊，盲目地栽植防風林。

結果，一段段的沙灘和沙丘，逐漸地從台灣周遭的海岸消失。淡水河河口北岸正是這樣惡例的典範，有些地方成為港口，有些堆了長排消波塊，其餘的部分，更早時就切割為海水浴場，風鳥能棲息的場域，只剩下一小塊。也或許，環頸鴴早已放棄在那兒繁殖。

淡水河河口北岸，皮諾查度冬第一站。二十多年前為大沙地，現已開發為港口。
（攝影：劉克襄）

其實，沙岸的消失，不止意味著風鳥的生存空間變小了，更嚴重的危機是海岸自然生態的大滅絕。早年，撰寫這部小說時，並未嚴肅地考慮到這個問題，但現今再回顧，卻發現危機已嚴重浮現。

如今重修這部小說時，不免唏噓，特別想把沙岸和風鳥間的關係，強調出來。至於，為何會書寫這部小說，除了被環頸鴴的習性感動，現在想來，關於沙岸生態的危機，或許在那個時代，也早有預感了。

這回再審視時，特別親自繪製系列插圖，以及重新撰寫圖說。一來，經過半甲子的觀鳥，心得自是有所增進，許多細微的習性也愈加了然。二則，實在太想念牠們了。透過一張張繪圖的呈現，我彷彿才能找回那塊沙岸，清楚地看到自己，逆著冬天的北風，和皮諾查，繼續行走在潮汐線上。

二〇〇七年二月

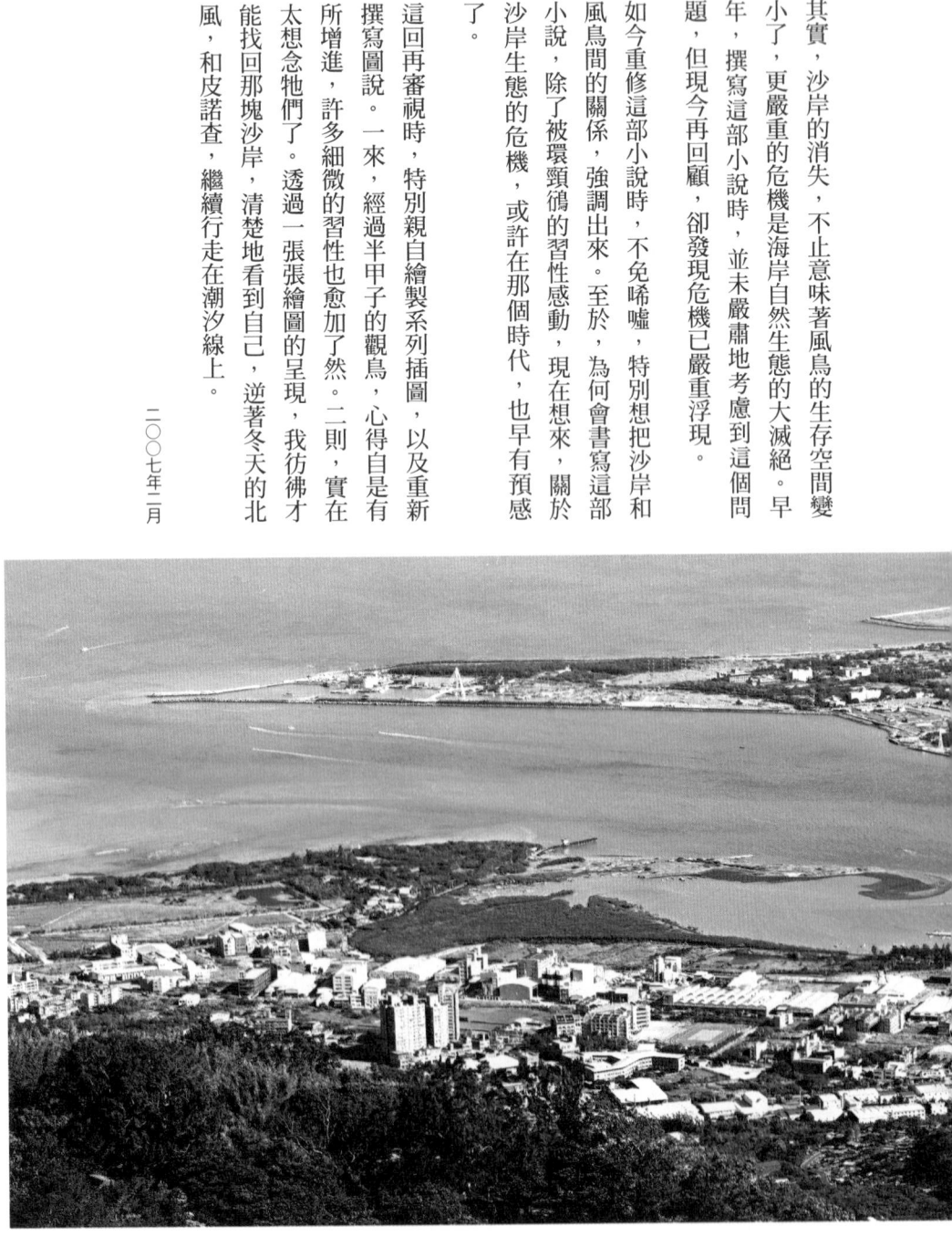

目次

1

大風沙

隨著頂峰的接近，
風沙的聲音愈像死亡的叫喊，襲滿四周。
面對這種折磨，皮諾查有點生氣，
竟激發一股旺盛的挑戰意念，
決定和風沙一搏……

風鳥〈疾走〉

中秋過後，東北風一陣一陣地吹拂下，長時靜寂、圓熟的金黃沙丘，又不安地騷動起來。

每天每時都有風和沙石侵蝕大地的造型運動。風沙像無止歇的浪潮，這波剛息落，另一波又隨風興起，翻炒著這塊禿裸的大地。一座座沙丘，不斷地隆起，崩塌，再隆起。沙丘上空始終有大量黃塵，隨風遊走，滾滾纏繞，籠罩著整個海岸。

對生物而言，這片大地，卻死寂如荒漠。只有沙石在滾動，追撞，摩擦出一些粗裂的聲響，替換著東北風的怒吼。沙石和東北風，彷彿是唯一活著的東西。它們攜手協力，在這不安、悸動的環境裡，奇蹟似地創造出一條條井然有序，線條優雅的沙紋。

沙紋無限延伸。延伸出無限的荒涼。

一點生物的跡象也沒有。縱使是一隻瘦小的沙蚱蜢，或是蜜蜂，都無法存活。

地表上只有一些零落的禿枝斜躺著，從沙丘向天空伸出枯瘦的桿莖。

只有禿枝。

這些盛夏時仍然綠葉繁茂的莧齒科灌木，現在就剩下幾株像白骨的主幹。能露出沙層的還算幸運，至少能見證自己曾經存在過。大部分早已沒入沙堆深層，永無見天之日。

就在一處矮丘的枯灌林，這時居然有一團球莖似的物體，不知從哪裡冒出來，突兀地立在枯枝旁，猶若荒野的滾草，只是紋風不動。遠望之下，還好像半浮空中的小煤球！

但小煤球竟然動了。

原來那是一隻鳥。面對這片狂風鎮日、毫無草木生存的沙地，他顯得孤零而渺小，卻十分搶眼地存在那兒。

這是一隻背脊灰褐的環頸鴴。

他叫皮諾查。

剛剛飛越過數千公里的海洋，並且於飛行中度過漫漫長夜。黎明時，發現這塊大沙地。沒想到東北風隨後進來，形成狂暴的亂流。漫天沙石疾射，陰蔽四周。

當時他只奮力地拍撲落地，本能地縮緊身子，背對著風，讓撩亂的羽毛平貼；然後閉上雙眼，防止沙石從眼瞼打入。經驗告訴他，這種天候不可能有任何動物出

現。不過，整個地形實在過於陌生，他小心翼翼地站著，雖然又累又餓，卻不敢蹲伏，仍堅持像一根木樁般矗立，甚至緊繃著自己，保持隨時可離去的快速應變能力。

當然，現在再往天空飛相當危險，一邊休息，皮諾查仍在估忖飛行的問題。或許仍有飛上天空的體力，但要與東北風一搏的機率就相當渺茫。硬是往上飛，駕馭不好的話，恐怕會被颳到外海去。一出海就很難回到陸地。四周情況雖不明朗，他明顯察覺四下環境只剩自己，其他同伴可能都被東北風颳到外海去了。

風沙愈颳愈盛，是入秋以來最強的一次。

從清晨颳到天色昏暗，風勢仍未減緩。即使站著，皮諾查仍無法安心休息。必須不斷地挪移位置，避開沙石積聚腳下。那些枯灌林逐漸覆沒，消失於沙海中。整個盆地只剩他一隻孤零零的鳥類。

皮諾查開始焦慮，已經兩天兩夜未曾進食，如果風沙繼續吹颳，憑著現有的體力，絕對無法支撐過今晚。

這塊空曠的沙丘，有一種無形的龐大壓力，讓他產生強烈的危機感，他想盡快離

開，找一處可避風的位置，最好也能遇見別的水鳥夥伴。

考慮定後，原本背對風的身子，堅決的轉過身來，面向疾射中的風沙。剛一轉身，皮諾查更強烈感受到風沙的狂暴，以及那一股隨時要吞沒任何東西的氣勢。驀然這樣莽撞、強硬的溯風，頗符合他向來的個性。若繼續背著風，無疑可輕鬆地舉步，甚至以低飛的方式迅速前進。可是，那不是他要去的地方，那兒是更為空蕩、危險的海邊，毫無遮風蔽沙的立足之地。從外海飛進來時，至少已判斷自己身處的方位，同時發現一塊黑色的低窪地。低窪地北邊有高大的沙丘擋住風沙，這個方位也是東北風入侵的方向。皮諾查飛進來時，以為還能找到更適合的環境。現在，只能一步步走回去。

轉過身後，皮諾查根本不敢挺直身子。若不緊縮，低伏，頭與肩翼的羽毛都要倒豎飛揚，胸部也像快爆炸般的難受。於是，他迅即改成側肩起步。這時也無法使用傳統的斷續步法，跑個四、五步，停頓一會兒，再跑。事實上，現在連舉腳都覺得步履沉重。勉強一步一步地踏向前，整個走法成Z字形。

腳底下的沙石仍在流動，像踩在溪水，不，更像走在起落的潮汐中。

前方的沙地地形一片模糊。皮諾查極少睜眼，大部分時候是閉著，摸索前進，休息時才微微撐開。適才爬過好幾座坡度平緩的小沙丘，此刻，腳下是一座大沙丘的半腰處。這座大沙丘非常陡峭，身子必須斜成四十五度，始能化開風沙的阻力。只是舉步更加艱緩，耗費不少體力。

爬過這座沙丘，應該就抵達了吧？

他樂觀地估算著。

沙丘頂峰的稜線是風口，是風力最強勁的地帶。皮諾查愈往上爬，愈感受到這巨大的挑戰，似乎有一股風就等在那兒，竭力地想將他吹落下去。雖然很累、很疲倦，精神卻異常亢奮。這種沙丘的攀爬，他在北方的泥沼地海岸，從未經驗過。在北方時，狐狸闖入巢穴大肆劫掠，大概是記憶底層最深刻的殘忍獵食。相較之下，沙丘更充滿殘暴的死亡危機。整個往上攀爬的過程，似乎是冥冥中安排的葬禮序曲。

這種死亡，冗長而帶有折磨性。

「我們不要怕死。怕死的就不是環頸鴴，就不要當候鳥。」在遷徙前的大會上，北方的長老群再次跟他們殷殷垂誡：「我們就是靠著這種無畏的精神，不斷地南來北往，一代承傳一代。」

不知聽過多少回了，每次聽到，皮諾查就熱血沸騰，渾然忘我。

隨著頂峰的接近，風沙的聲音愈像死亡的叫喊，襲滿四周。面對這種折磨，皮諾查有點生氣，竟激發一股旺盛的挑戰意念，決定和風沙一搏。趁風沙短暫休歇的間隔，快速跑步衝過去，準備橫越稜線。但他估算錯了。這道稜線不像平常的，跳上四、五步，一翻越，就是另一個方向的沙丘坡。這座大沙丘的稜線，毋寧是個小高原。他衝上去發現時已經來不及了。就在懊惱的那一剎間，風又撲上來。根本還未看清是怎麼回事，他已隨風沙沿著沙丘坡急滾下去。幸好，半途有根枯枝擋住，他機伶地跳起，避免羽毛的擦撞、磨損。驚魂未定，望著滾落的地方，仍是沙塵滾滾，風吼陣陣，大沙丘龐大的黑影仍隱藏其間，像一個永遠也擊不倒的巨人。

天色愈來愈暗，他開始慌張、憂心起來。

這是皮諾查從未曾遭遇過的場面，也沒有長老教過。徬徨無助之下，旁邊一團半埋的東西，讓他嚇了一跳。挨近一瞧，是環頸鴴！一隻一起飛來這裡卻不幸喪命的同伴。大概是衰竭餓死，也有可能是攀爬大沙丘時，如同自己一樣，被風沙吹落下來，卻不幸活活埋死。

「做一隻環頸鴴都難免一死，但我們要死得轟轟烈烈，讓這個大自然賜予的身軀，能夠葬身在有意義的遷徙過程。」

長老的話，又在耳畔響起。

從出生，南下，看過許多死亡；像這樣橫躺在沙地，最後與草木一同沒入沙石，確實是極殘酷的死亡方式。他可以想像，這隻同伴拖著筋疲力竭的身子，辛苦地爬到這兒，孤苦無助下，眼睜睜地挨餓，也眼睜睜地看著沙石一寸寸地爬上身子，將自己吞噬。從埋沒的深度細看，這隻環頸鴴顯然才斷氣不久。

皮諾查心頭不免湧上一陣冷顫。他不敢浪費時間，重新揚落身上的沙石，再度邁開腳步，沿適才的老路線埋頭走上去。

家鄉部族的長老群非常喜歡他，趁南下時，選派他執行這樁重要的任務，就是看上這股執著不屈的韌性。

「今天將你們集聚一起訓練，因為你們是飛行得最好的一群，是環頸鴴未來的菁英。」面對他們這群今年出生的亞成鳥，長老群顯然滿懷寄望：「你們要在整個族群南下前先出發，去完成任務。」

皮諾查又爬近頂峰。

如何越過這座小高原的障礙呢？

他想到一個大膽的冒險方式。

來到風口時，依舊靜靜地蹲伏，等待。當東北風暫時歇止的那一剎，不再往前跑步，反而快速低飛，設法在下一次風起前搶度高原。這個舉動相當危險，萬一被風沙颳著，立即會被捲到外海去。

這一次，皮諾查仍未躲過，被風沙惡狠狠地摔到大沙丘的另一邊，近乎撕裂般地衝撞好幾回，滿身痠痛，差點失去知覺。幸好已越過高原，大沙丘這邊的風力減弱許多，他尚能撐起，懷著滿意的心情，一步一拐地拖著身子，慢慢走下沙丘坡。

還未下到沙丘的山腳，皮諾查發覺有些不對勁，黑色的低窪地呢？原本以為這就是空中看見的那個低窪地，眼前又是一個平坦、荒涼的沙地。

他呆住了，不知何去何從。

很顯然，自己嚴重地判斷錯誤。

在這種緊急的情況下，任何小差池都會喪命的。致命的絕望又襲上心頭。天色越來越暗。他茫然無措地站在沙地中，過度疲累下，雙腳抖動地微微張開，快支撐不住，早已失去原先緊併時那種堅強的樣子。

要不要孤注一擲，飛上天空呢？

想到這最險的方式。但天色已不允許，沙丘漸漸灰沉，失去金黃的顏色。他的心情也漸漸沉澱成這種暗黑的色澤。

隨著懦弱意識的浮現，風沙似乎又更大了起來。沙石追撞、磨擦的聲音，由遠而近，由小而大，迅即又變成轟隆不絕的聲響，在皮諾查四周狂吼。

皮諾查真的無力挪動了，連抬腳的力量都消失。像洩了氣的皮球，整個圓胖的身子迅速扁縮，不自覺地蹲伏下來。心頭僅存的一絲絲不服輸的鬥志，也像即將滅熄的那最後一顆炭火，逐漸暗黑。

終於，頭埋進胸口，全身只露出灰褐的背羽，包裹著自己。想到剛才那一隻同伴的死亡慘狀，馬上，他就會步其後塵，無力地撲倒，攤開，也被沙石淹沒。恍惚中，沙石一粒粒地爬上身體，像螞蟻團聚上來，他未抖動羽翼，連搖頭也無力。

「皮諾查，全靠你了！」記得大會結束時，長老群的飛行教官還過來跟他打招呼，眼神充滿特別的期許。「別的鳥我不知道，我相信你最有可能。」

他不想掙扎了。活到這麼大，頭一次這麼認命。

當沙石埋到胸口，一種窒息感緊緊擁抱著他，連呼吸的力氣都沒辦法使上。勉強睜開眼，眼瞼前全是沙粒，滾動的沙粒。

那是最後一眼，沙石已越過嘴喙，什麼也看不到……

2 星光下趕路

星光照射下，
有的丘峰仍遺留著金黃的色澤。
寧靜，卻帶著淒清的荒涼，
半點生物跡象也沒有。

風鳥〈擬傷〉

星光，大沙地的星光是世界最燦爛的景觀。整個空間充滿枯燥而清冷的空氣，到處是凍住的寂靜，夜空看來澄澈而高遠，彷彿午夜的黑色也濃厚均勻地凝固起來。

很難想像這樣靜謐的大地，不久前才經過一場風沙的浩劫。現在卻毫無風的跡象，沙丘似乎也累得熟睡了。肅然靜寂的地表，任何一絲絲的沙石滑崩，都會造成很大的聲響。這是白天劇烈吹蝕後，偶而殘留的餘韻。一些輕薄的黑雲疾走上空，更讓所有生物強烈感受到這是一場暴風後的殘景；當然也說不定只是暴風暫時的休歇，隨時又要捲天蓋地而來。這一時節，什麼樣的天候都可能突發，連精明的漁夫與海鷗都無法準確判斷。

大沙地毫無生氣地橫陳著，但真的太安靜了，靜得死寂，靜得有點不祥。

皮諾查睜開眼時，還以為自己看到的是死後的世界。不久前，狂沙疾走的景象和這時死寂般的安靜，很難聯想在一起。直到眼瞼旁有小沙粒滾落下來，才驚覺：

「我還沒死！」

他心裡激動地叫喊著。

仍是最初蹲伏的姿勢。

沙石埋及嘴喙，半個頭還完整地露出沙地。他猜想，或許風在那時轉弱，甚至突然停止。無論如何，他很幸運。

起身時，肩背仍黏著一層鹹溼的沙石。腹內轆轆作響，還好仍能站穩。因著這一昏睡的補充，體力反而比先前好很多，只是有點渴。伸展翅膀，左肩劇烈地疼痛，無法全部撐開。未察覺下，痛得幾乎跌撞倒地。踉蹌三兩步，始重新站穩。是什麼時候撞傷的呢？或許從小高原摔下來時？也有可能逆風飛行時撞到丘壁。

進入這塊沙地後，許多事情遠超出他的預估範圍，想必這是遷徙最具挑戰性，迷人的因由。可是，翅膀受傷，不僅無法飛行，這種情況對鳥類而言，無疑像是戴上腳鍊的囚犯，又被丟棄於荒野。

長老群要求他們從這兒登陸，當然料不到會有這場暴風。當初黑形曾來過這裡嗎？他是否遭遇如此猛烈的暴風？如果遇上，他會如何面對？皮諾查想起自己要尋找的英雄。

全身梳理乾淨，詳細地檢視傷口，大概是肩胛有點擦撞，稍微浮腫，需要一兩天

的休養才會全部復原。他的處境自然相當危險。當溼黏的沙石嘩啦地抖落地面時，他又悚然警覺，小心地環顧四周。到處是暗黑的沙丘，綿延地緩緩起伏。星光照射下，有的丘峰仍遺留著金黃的色澤。寧靜，卻帶著淒清的荒涼。仍是半點生物跡象也沒有。

他稍微安心，低頭潤飾羽毛。原本以為是塊大窪地，看來似乎只是兩座沙丘間的凹地而已。這是第一次清楚地看到南方大地的景色，根據先前來此候鳥的敘述，出生後即被告知無數次，有這麼一種環境，等到親自目睹，他仍不敢相信，要度冬的地方，竟有這等簡陋的所在，恐怕比冬天的北方還惡劣。

靜默地仰望星空，判斷方位。

沙丘其實並不安靜。浪潮的聲音一陣陣自遙遠的海洋方向清楚傳來。那深沉的潮汐起落聲，刺激著空腹。天色未透露太多訊息，無法把握是否又會迅速變壞。他清楚明白，剛剛曾幸運地躲過一劫，現在似乎又要跟時間競賽。至少，大自然好像在告訴他：「你才第一次來，不公平。現在，我們重新再來一次。」

這時候，若是暴風再起，他將沒有機會可言，何況翅膀又受傷。寧可空著肚子，

趕緊向內陸出發，動身去找黑色的大窪地，更不敢朝海岸走去。從浪潮聲判斷，顯然距海並不遠，或許半個小時就能抵達。

他有著候鳥環頸鴴堅毅受苦的傳統精神；再挨餓一天，依然能夠撐得過。

臨行南下前，他們有過一次禁止飛行的徒步旅行，連著三天三夜不准進食。每隻亞成鳥都在那趟旅行中吃足苦頭，抱怨不已。沒想到，這次一南下即遭遇相似的情況。長老群或許不知這種暴風，但顯然經過周密的思考，才會特意傳授這種經驗。

倉皇動身下，皮諾查迅速地做出一個明快而大膽的決定，毫不遲疑地走回摔傷的小高原。儘管步履有點蹣跚，仍強忍著像隻正常的環頸鴴，恢復特有的斷續步法，跑四五步一停，挺著自信、白澄的胸膛，在無風的狀況下，一會兒就爬上小高原。

極目望去，那兒是最高的地方，他想從頂峰獲得俯瞰的視野。如果是一般的環頸鴴，遇到這種情形，大概不會走回頭路。但對一隻懂得飛行的環頸鴴而言，翅膀受傷，等於是完全失去避敵的工具。小高原視野寬廣，可以在遠處即發現敵蹤。

重回小高原，他覺得是應該浪費的時間。

果然如其所料，皮諾查很快地從小高原判斷出黑色低窪地的方向。現在，可以全心全意小跑前進，在暴風出現前趕到那裡採食，並去尋找其他遷徙的旅行團隊。從空中俯瞰，他判斷低窪地中明顯黑色的部分是溼土，或是泥沼；那兒應有不少水中生物。在這段水鳥忙碌的過境期，這一個位置顯著的場地，無疑將吸引大批水鳥集聚。

月亮從雲層露臉，仍有滿月的餘暈。小高原再次露出大片金黃的色澤。天氣看來又有好轉跡象。皮諾查凝視天空，不禁狐疑起自己的判斷。在北方時，對天氣的轉變，他的預估甚少有差池。大概是緯度不一樣了，早知如此，就該先去海岸飽餐一頓。

他十分懊惱，繼續沿著小高原的稜線，踩著月光向前，只是腳步放慢許多。

月光照射下，他的背影斜映在沙丘上，原本圓滾的身子，拉成細長的橢圓形。這趟長程的秋天大遷徙下來，體重減輕不少，積蓄的脂肪幾乎消耗殆盡，整個身子明顯地瘦掉一圈，雙翅下護著的不再是肥胖的肚腹。羽翼也不像過去那麼強勁有力。

「為什麼秋天時一定要南下，不能繼續待在北方?」

剛學會飛行時，皮諾查正如大部分幼鳥，有過類似的疑惑。他們得到部族長老如下的相同回答：「秋天以後，北方會下雪，下雪後大地冰凍，沒有食物。我們必須遷往南方，那兒天氣較暖和，海岸有大量食物。」

長老們在年輕時，自然獲得類似的答案。沒有一隻環頸鴴會懷疑這個真理。幾千幾萬年來，每隻環頸鴴都謹守這個遷徙的傳統。他們在雪落前離家，又在雪融後飛返，回去繁衍子孫。沒有一隻環頸鴴看過雪。幼鳥時，皮諾查胡亂想像過雪的形狀，還有顏色，顏色恐怕和死亡差不多吧?長大為亞成鳥後，每日記取遷徙的種種繁雜問題，他才淡忘雪的存在。

這個遷徙傳統充滿自然法則的合理性，看來是不可能有什麼差池。不過，例外還是發生。不知何時起，有些環頸鴴未再遵守這種亙古不變的法則。難道冬天時他們仍堅持滯留北方，不肯南下?

不，事情剛好相反，而且看來更嚴重。有些環頸鴴在春天時並未飛回北方，改在

大杓鷸

有一向下彎曲的長嘴。在大肚溪河口，常上百隻聚沙洲度冬。淡水河河口並不常見。覓食時，以長嘴插入軟泥中，啄取較下層的貝類，偶爾也吃魚、軟體動物等。休息時，將嘴和頭埋在背上，以單足站立。警戒性很高，易受驚擾。飛行速度快。普遍冬候鳥。大型風鳥。

南方築巢，繁殖。

天啊！這是大不敬的背叛行為。

環頸鴴祖先的偉大訓詞，開宗明義第一句：「身為偉大的候鳥族群，我們是活在北方凍土帶的環頸鴴……」

皮諾查下意識裡一直認為，這些不肯回去的環頸鴴，已嚴重地觸犯祖先的規範，他們的行徑全然是他種留鳥的習性，污蔑了所有環頸鴴。但環頸鴴是和平的鳥類，縱使犯了這麼大的忤逆罪，他們仍尊重這些「留鳥」的選擇。不過，部族的長老們憂心地意識到，這是明顯的退化；他們若不繼續維持兩地來去的傳統，環頸鴴將無法和其他同型的鴴鷸科水鳥競爭，未來有可能導致滅族的危機。

過去，受到傳統教育的訓示，回到北方的環頸鴴們也恥於談論留鳥環頸鴴的問題。雖然他們在南方經常與留鳥一起相處，候鳥們甚少細心探究過留鳥的形成原由。久而久之，每到春天後，就有一群留鳥滯留南方，繁衍下一代。他們形成另一種傳統，對候鳥的遷徙反而覺得不可思議。

金斑鴴

冬天時，全身遍布金黃色斑點，因而得名。夏羽時，臉頰至下腹間羽色轉黑，又名「黑胸鴴」。漲潮時，喜愛在石滬活動。退潮時，飛進內陸的稻田棲息。覓食動作為走幾步啄一下，從容緩慢，不似其他小型鴴科疾走。能巧妙捕食飛行在草叢間的昆蟲。普遍冬候鳥。中型風鳥。

「根據我們所獲得的最新消息，今年春天時，黑形在一座南方的島嶼出現，這座島嶼遠離我們熟知的遷徙路線。過去到那裡度冬的環頸鴴不多。你們的任務就是去那裡找到他，找出不能回來的原因。」

黑形是皮諾查那一代亞成鳥的偶像。

從幼鳥起，他們就聽長老群訴說過無數次黑形的故事。他是環頸鴴最好的飛行家，遷徙的高手。但黑形不在北地，長老群說，黑形一直在南方，犧牲自己的遷徙權利，埋首於留鳥缺失的研究。許多環頸鴴過去都從他那兒受益良多。這幾年，黑形原本要回到北方，發表他苦心調查的結果。長老群左等右等，他卻一直未曾出現。

黑形在這最後的關頭失蹤了。

「黑形會不會變成留鳥？」

當長老群宣布尋找黑形時，一隻亞成鳥冒失地提出這個驚世駭俗的問題。

大會頓時掀起一陣喧嘩不滿的騷動。誰會相信這種事呢？怒斥聲此起彼落。

那隻亞成鳥這才發現自己講錯話，羞愧地躲回隊伍裡。

古力適時站出疾呼：「我想黑形無法回到北方，一定是生病，也可能受傷，躲在海岸的某一地。無論如何，我們若能找到他，就是一個偉大的遷徙故事。如果他能回來，告訴下一代他的冒險，將是更有意義的事。」

古力是他們那一群中被公認飛行最好的一位。勇敢，熱情。這趟任務，大家咸信，以他和皮諾查的飛行能力，最有可能找到黑形。

皮諾查不盡然贊同古力的說法，不過，私下卻由古力的話推衍，黑形一定在躲避某種東西，遲遲不肯回來。不然，每年都有成千上萬的環頸鴴來去，為何沒有一隻環頸鴴見過他。

這支搜索隊的第一批卻遇上暴風，現在只剩皮諾查孤零零地走在小高原上。四處布滿殺機，他已自顧不暇，無心思考黑形的事。橫越小高原後，眼前是塊小盆地，再越過一處沙丘，低窪地慢慢浮現。小盆地上露出一些奇怪的鮮豔物品。也許有食物！

反嘴鷸

嘴型長而往上翹，因而名之。屬於短腿一族，個性活潑。常於沙灘上奔跑，快速變化方向覓食。捕捉到獵物時，常先清洗，再吞咬。在沼澤區，啄食小招潮蟹時，往往將蟹螯折斷，再吞食蟹體。起飛速度較緩，但輕柔、優雅。普遍冬候鳥。中型鳳鳥。

餓瘋了的他，興奮地奔過去，結果是一些廢棄的空鋁罐、寶特瓶。啄開一個，檢視罐底是否有沙蚱蜢，或其他飛蟲。許多小生物喜歡在這種遮蔽的東西下棲息。連翻三四個空罐，什麼都沒有。

「Go！We！」

對大地不滿地苦叫一聲。他擔心的風沙又開始吹刮起來。另外一件事，更讓他嚇一大跳。眼前的沙丘頂峰正站著一隻鳥！

沒錯，而且是隻環頸鴴。

他是什麼時候出現的？大概餓昏了頭，皮諾查很詫異竟未注意到。那隻環頸鴴並未向他招呼，只遠遠地站在那兒，也沒有注意到皮諾查的存在。他似乎在忙其他事，一搖一晃地朝其他方向急走。皮諾查以為是擬傷行為，很顯然的，似若有一隻腳行動不良。

「難道真的受傷了？」皮諾查滿腦疑惑。

突然，這隻環頸鴴飛躍起身。在那一剎間，一隻棕黃勁瘦的大野貓從沙丘背後縱跳而上，嘶吼地撲向他。皮諾查瞬時驚嚇到，急忙蹲伏下來。若被大野貓發現，只有死路一條。幸虧，大野貓只注意到那隻跛腳環頸鴴。大野貓撲了個空，跛腳環頸鴴飛躍起後，又停在不遠處，一拐一拐地逗引他。大野貓再次被吸引過去，仍跟上回一樣，只撲到滿身沙石。

皮諾查來不及思索整個事情，趁大野貓與跛腳環頸鴴遠去之際，利用風沙的遮擋，急忙衝上爭鬥過的沙丘。終於在風沙瀰漫中抵達低窪地。

這場再起的風沙，威力雖遠遜於前面的一波，皮諾查仍看不清楚四周，只知道自己已進入窪地核心，確實踩在不同於沙石的溼土地面。他沿著溼土繼續往前，既然能夠看見那隻環頸鴴，應該也有其他環頸鴴或水鳥吧！他摸索著，期待眼前有東西橫亙。漸漸地，突然有一個龐大的黑影擋在前面。

完了，大野貓！他心頭一閃，連拔腳都來不及，正想硬闖過去。

突然，四周一陣拍撲的羽翼聲。

原來是隻大杓鷸，而且不止一隻，旁邊漸漸有許多水鳥圍攏；他看不到，從拍翅聲卻可以研判，除最大型的大杓鷸外，還有大他兩倍的金斑鴴，同型的蒙古沙鴴、反嘴

鷸，也有環頸鴴的聲音。或許有一起南下的同伴，還有那隻跛腳的也在裡面？他仍無法看清，只感覺四周漸漸暖和起來。

沒錯，他們剛剛為了躲避大野貓，群飛出去，再盤旋進來。重新落腳後，繼續背對風沙，團聚成一堆，堅守著四方，減少風沙的侵襲。有的蹲伏，有的佇立，大家都閉目靜歇著，皮諾查也在裡面，療養肩羽，度過南下以來最安心的一刻。

他知道又要餓一餐，但沒關係，只要活著就好，暴風總會再過去。

蒙古沙鴴

在淡水河北岸時，常跟皮諾查的族群混居，出現於沙丘環境，外型不易辨識。牠們多半利用間歇跑步，捕食地面的沙蠶和飛蟲等。春天北返時，離去較早。秋天南下時，出現卻較晚。不普遍冬候鳥。小型風鳥。

3

闖入林投林

林投林不比沙丘，
在沙丘任有再大的風沙，
都能清楚地掌握方向。
林投林內，看來到處都有路，
可是又四處阻絕……

陽光重新回來時，河口海岸又恢復往昔的忙碌。

退潮後，大沙地與海洋間多出一片灰黑的礁湖。礁湖露出各種嶙峋怪狀的岩礁與石礫。岩礁與石礫間，則布滿許多積水的大小凹坑。每個凹坑都像水族館般，棲息著來不及隨浪潮回到海洋的各類幼魚。他們和黑色的貽貝、白色的藤壺，還有玉蜀黍螺等甲殼動物，一起依賴潮汐的起落生活。這是個饒富生命的地帶，相對外表單調的沙地，它像繁華的大都會。而和岩礁緊鄰的沙地，那些漲潮時受到海水浸溼的潮間帶，頗像受惠的外圍鄉鎮，沙層下棲息不少沙蠶與幽靈蟹。礁湖和潮間帶沙灘的依存遂組成一個良好的豐富食場，不同的區域吸引不同的水鳥群集聚，隨潮汐的起落來去。

漲潮時，大部分水鳥都飛往內陸棲息。退潮的現在，他們又準時地紛紛到來。就在第一塊岩礁露出水面那一剎，已經有三兩隻貪婪的岩鷺爭奪起地盤，急著捉捕小魚。緊隨著岩鷺之後，聒噪的海鷗群，爭先恐後出現。最後是鴴鷸科，各種大小水鳥嘩然到來。為了採食，沒有鳥在這時會遲到的。

岩鷺和海鷗群像大膽的磯釣者，緊緊瀕臨岩礁最外圍。冒著被浪潮隨時吞噬的危

岩鷺

典型的岩礁海岸鳥類，極少飛進內陸。擁有白色及黑色二型，後者居多。常單獨出現於沿海礁岩地帶。常靜靜地佇立於岩石上，待魚游近後伺機啄食。飛行速度不快，習慣在海岸線及離島的岩棚上低空飛行。淡水河河口最常見的大型鷺鷥科鳥類。退潮時，最早抵達。大多時候在白天活動，但以黃昏時分活動更為頻繁。常見候鳥，局部為留鳥。

險，他們機伶地在潮水漲落的剎那間，將那些企圖啄食岩礁生物的幼魚逮住。鴴鷸科水鳥比較謹慎，他們多半在岩礁內各種凹坑間上下起落，時而露頭，時而翹尾；一個個像撿拾貝類的漁夫，忙著翻查石頭，尋找吃的東西。

潮間帶沙灘還有另一群忙碌的勞動者。他們不像礁湖的水鳥一樣熱鬧，只各自默默幹活，一隻隻孤獨地沿著沙灘走路，留下無數條縱橫沙灘的足跡。

這些孤獨的勞動者就是環頸鴴。

灰褐背脊，純白肚腹的環頸鴴，以他們貫有的傳統斷續步法，留下了奇特的，似乎代表著某種意義的足跡。這些密密麻麻的足跡，和幽靈蟹在洞口的吐沙，一起編織出怪誕的圖案，像細密而詭異的科學經緯度、座標軸，鋪滿退潮後的沙灘。

皮諾查未在礁湖，也沒有加入這些孤獨者的行列。他在天空，獨自在天空翺翔。清晨大飽一餐後，立即飛離沙灘，拔升到遷徙高度最高的極限，仔細地鳥瞰整個海岸。

經過凌晨以後的休息，不僅體力更好，舉翅時，左肩的痠痛似乎不再，只有全力拍翅時會隱隱發痛，遂不全速飛行。為求飛升到遷徙的高度，他只能靠滑翔的方

式，慢慢盤升，像一隻鷹鷲科鳥類，利用熱氣流扶持，引入高空。很少環頸鴴懂得這種鷹柱盤旋的技巧。在受傷下，仍能安然地升入高空，他非常滿意。這個陽光晴朗的日子，讓他精神飽滿，洋溢著快樂心情。昨天進入沙地時的陰霾與折磨，都已隨暴風遠離。

從高空望下去，皮諾查清楚地看到下方海岸的地理位置。大沙地位於一條河口的北岸，前面緊鄰著礁湖與海洋，後面被田野與人類的農村城鎮圍繞，但田野平原的幅員不大，隨即是一系列高大的山巒矗立。每天太陽從這個方向升起。河的對岸有相似的海岸地形與一座低矮的山麓。相對於這些田野與山巒，大沙地之大便顯得微不足道。高空下，那似乎是三兩分鐘即可飛越過的地方。想起昨夜陷入沙地，筋疲力竭，幾乎活埋的可怕情境，他都覺得不可思議起來。

皮諾查沒有在空中久留。

高空的風力很強，他已隨風飄到河心，而且左肩的傷痛能否繼續支撐仍是未知數。他謹慎地略收羽翼，緩緩滑近河面，再平貼著，微微拍翅，像一架滑翔機，輕巧地滑入靠內陸的沙地。他感覺整個身體又恢復了。恢復什麼呢？除了體力、精神和自信心外，似乎還恢復一種頭銜：「候鳥環頸鴴皮諾查」。來到這個避冬地，想起即將接觸留鳥，他更喜歡這樣全名的稱呼。

這是一種榮耀，他有著什麼都能應付的把握。

再過二、三天，肩傷無礙時，還要沿著河流進入內陸去探查。無窮的鬥志不僅重新萌芽，且迅即旺盛起來。

皮諾查選擇降落的位置，在大沙地靠內陸的邊陲，除了避風，很少環頸鴴會跑到這兒。田野和沙地交會的地方，有一排密生的林投林，形成任何動物都甚難穿越的天然圍牆。

飛下來後，皮諾查忙著梳理羽翼。就像每隻環頸鴴一樣，他非常珍惜、愛護，羽翼永遠保養得十分滑潤。前幾日所消耗的體力，都明顯地反映於這些外圍的羽毛上。陽光照射下，每根都變得污濁、乾燥，羽尖也磨損不少。

他不停地梳理，從右翼到左肩，從胸次到肚腹，無不一一啄梳。這項梳羽功夫，足足花費半個多小時才完成。最後，像亮起寶劍，他把羽翼展開，又在陽光下逐一檢視許久，才滿意地徐徐收回。

他並不在乎羽毛污濁，污濁反而能保護自己。過分乾燥就有點危險，在高速飛行時，羽毛很容易斷裂、分叉，影響整個飛行的速度與方向。

收翅後，抬頭注視林投林。第一次看見這種植物，和自己的生活看來沒什麼關

白頭翁

俗稱白頭殼。主要分布於台灣西部平原和山區。非繁殖季節，愛結群追逐打鬧，繁殖季節則常成對出現，且具領域性，會停棲在高處或電線上飛撲經過之飛蟲，叫聲響亮多變。牠們以昆蟲或果實為主，對穀物不太感興趣。普遍留鳥。特有亞種。四季常見，族群量僅次於麻雀。

聯，皮諾查當然毫無興趣。他的視而不見正是許多候鳥環頸鴴的心態。凡生活的地方一定在沙地、泥沼。這世界就是沙地、泥沼。只有生長在沙地或泥沼的草木才是植物。其他環境或生物都是次要的，甚至不存在。可是，這時他卻直瞧著林投，因為上面停立幾隻體型瘦長的鳥，身子橄欖綠，沒有什麼特色，後腦杓上長有一撮顯著的白毛。他們是白頭翁，停聚在搖晃的林投葉上，發出嘎嘎的響亮叫聲。皮諾查從未聽過這麼粗啞難聽的聲音。在他認為，環頸鴴的叫聲是所有鳥類中最具親和力的，低沉、簡單、樸拙，是海岸最渾厚堅實的鳴啼。這些初見的鳥，八成是留鳥。粗啞的聲音搭配雜怪的羽毛倒蠻適合的。他們看來無所事事，只是在林投上嬉戲、閒望。大概是南方食物豐富，不必忙於競爭即可輕易獲得。看來這種鳥的習性，相當慵懶、散漫。

「我們的家在荒涼的海岸
海風鹹溼而嚴寒
不怕苦不怕難
……
……」

每隻候鳥環頸鴴都會哼這首「徒步旅行歌」。

沒看幾眼，皮諾查隨即轉身朝海岸走去。白頭翁的嘎嘎叫聲，在背後響起，他覺得肚子又有點餓。正待舉翅，眼前沙丘啪啦一聲，冒出兩隻鳥，在沙地兇猛地搶奪一塊麵包片。這兩隻鳥的身材，比皮諾查瘦小，顏色黑褐而滿身斑駁。沒想到南方也有這麼難看的鳥類；在北方時，他看過鵐科，這些鳥和他們長相近似。鵐科雖難看，至少懂得靜靜的覓食，從不向外干擾。這二隻是麻雀，吱喳地大聲叫嚷著，從沙丘飛起時，還在皮諾查前揚起沙塵，又落到另一堆沙丘去爭執；之後，又有四、五隻闖進，整個沙地亂成一團，都是他們無理而粗暴的嬉鬧聲音。

麻雀

俗稱厝鳥仔。飛行時，振翅速度很快，飛行路線不規則。常小群在公園、街道和住宅區四周跳動，或者大群在收割的稻田覓食。食物以穀類為主。繁殖期間，會嚙咬昆蟲幼蟲。叫聲較粗糙，多為「吱喳」之聲。求偶時，雌雄都會翹起尾羽。在空地上，兩隻維持一定直徑距離，繞圓圈。平地至中海拔地區住家附近，最為常見。普遍留鳥。

皮諾查不想走過那兒，迅即展翅，飛向沙丘頂峰，頭也不回地，輕快掠過那幾隻麻雀上空。那幾隻玩瘋了的麻雀，還以為是鷹鷲科出現，嚇得愣住。等意會過來時，皮諾查早已飛到海岸去了。

回沙灘時已經漲潮。只剩零亂的足跡，一隻環頸鴴也沒有。礁湖上的鴴鷸科水鳥，還有三、四隻留下，其他都進入低窪地休息。海鷗們盤繞到河口上空，叫嗥地上下衝刺，大概河口有魚群集聚。只有幾隻岩鷺仍仗著身高腿長，堅持不肯撤離。當最後一批水鳥自礁湖飛起，皮諾查決定沿著漲潮的沙灘慢慢覓食，再走回低窪地。

漲潮時，海風逐漸增強，沙石又開始滾滾疾走。經過昨夜的洗禮，皮諾查已習慣這種暴起暴落的東北風，以及隨時狂捲的沙石。當然，這適應力幾乎是用自己一條命換來的。難過的是，隨行南下的同伴一隻都未遇見。他儘量往好的結果猜測，或許被颳到更南的地方也說不定。

清晨醒來，忙著採食，又要觀察地形，他尚未與這裡的環頸鴴打招呼，還不清楚這兒的環頸鴴是「留鳥」或「候鳥」？沒走多久，看到兩隻環頸鴴，個別地朝沙丘走去。他的食慾被好奇心取代，轉而尾隨後頭，進入沙地。

皮諾查想到黑形。

假如黑形還在島上，會棲息哪裡？

他一點線索也沒有，不知從何進行追查。縱使黑形就站在旁邊，或是眼前兩者之一，恐怕都會輕易錯過。唯一的方法只有到處詢問。以黑形的知名度，相信許多環頸鴴都該認識。

越過幾座沙丘，順風低飛一小段後，進入低窪地。低窪地此時集聚不下四、五百隻水鳥。素來喜歡在沙灘孤獨採食的環頸鴴，一進入沙地，又和其他水鳥團聚在一起。

群鳥都撐著飽食的肚子，梳理羽毛，準備好好休息，等待下一次的退潮。如果執意待在這裡，整個度冬的日子，恐怕就是要這樣度過。只是天氣尚未轉寒，更冷時，大部分水鳥還會南下，留下來的不會太多。

皮諾查仍不急著找其他環頸鴴。在他的行動準則裡，到達一個陌生的環境，最先的要務是觀察地理；自己心裡先有個方案，再去和熟習此地的環頸鴴探詢，這樣更能小心地判斷事情——譬如，其他環頸鴴說話的可信度。

在風沙中，一隻隻水鳥漸漸地蹲伏下來，閉目沉思。皮諾查靜伏闔眼其間，不過，腦子仍為明天的行程打轉。正欲睡去，突然感覺旁邊有隻環頸鴴走過。所有水鳥都已休息，他起身做什麼？皮諾查微微睜眼一看，這隻環頸鴴竟然要在猛烈的風沙中離去。更讓他震撼的是，這隻環頸鴴明顯的跛腳！

這麼大的風沙下，他想去哪裡？他是否就是昨晚那隻？

皮諾查慌忙起身，匆匆地跟蹤過去。

跛腳並未像皮諾查想像中一擺一晃地前進，而是維持環頸鴴特有的斷續走法，用單腳跳躍，跳個三、五步再停下來。動作之迅速，不亞於正常的環頸鴴。跟蹤的距離十分接近，不過風沙瀰漫，跛腳顯然也未料到會有其他水鳥尾隨其後，不曾回頭注意。

他們前後一起一落的上下，翻越六、七座沙丘後，居然抵達林投林。

眼前，讓皮諾查大吃一驚的事又發生：跛腳毫不猶豫地往林子裡跳進去。

他怎麼敢？

皮諾查心裡激動地大喊著：「從來沒有環頸鴴會做這種事？這是不應該的？環頸鴴只該在空曠地、沙地、泥沼區生活，怎麼能進入林投林？他怎麼生存？」

皮諾查走到林投林前，愣在那兒，不知如何是好。

呆望一陣，想到昨晚的九死一生，又想到黑形的下落不明，似乎都暗示著可能與目前面對的事情有關。於是，不知哪來的勇氣，顧不得傳統的約束，皮諾查大膽地一步步踏進去。小心翼翼地往前，渾然忘我。

一進入林投林後，風沙已停止，林內靜得好像什麼聲音都沒有。可是，皮諾查心裡有一個巨大的莫名壓力，好像滿天綠色的林投隨時會撲過來，緊緊壓住他。走不到三兩分鐘，心虛的緊張神情終於爆發，因為他驚覺到風沙不在身邊作響，原本討厭的風沙突然不見，反而覺得不自在、不安全，甚至感到害怕起來。想拔腳回去，前後都是密麻麻的綠色林葉，他忘了如何走出去。

林投林不比沙丘，在沙丘時，任有再大的風沙，都能清楚地掌握方向。林投林內，看來到處都有路，可是又到處阻絕，看不見天空，不知方位。他想飛，一展翅就撞到四處蔓生的林投。又陷入一種前所未有的危機。羽翼不僅無法撐開，有時還需保持低伏走路的姿態，像雁鴨般搖擺前行。他急得團團轉，撞斷幾根羽毛後，才冷靜下來，重新思考。他靜靜地蹲伏，用耳朵去細聽、用鼻尖去感覺，同時以翼尖去測試。

測試什麼呢？

林內很靜，看來毫無聲音、動靜。皮諾查卻精敏地找到風的一絲絲訊息，起身朝風向尋去。

結果，真的，讓他走出林投林！可是外面卻不是沙地，而是一片青綠的田野和草叢。他再次嚇住，本能地又想展翅飛離，旋即克制住這種持續性的慌張。強烈的好奇心，以及看來一點危險也沒有的安全感，繫絆住他。或許，自己正在經驗過去環頸鴴從不曾有過的遭遇。再次隱隱感覺，可能和此行的任務有重要關聯吧？

冷靜，必須絕對的冷靜。

天空的開闊與蔚藍在那兒誘惑著，那是一種自由的召喚，但他克服這種恐慌；決定繼續走入草叢。他深信，跛腳應該也來到這裡。

草叢相當隱密，不易穿行。只好走向較開闊的一條小徑。小徑盡頭，居然有一座小泥灘橫陳著。是環頸鴴最喜歡的環境。從空中很難發現，縱使發現也絕不敢貿然下去，因為附近的林相茂密，環頸鴴或其他水鳥，多半不習慣在這樣狹窄的空間活動。

聽到附近有東西磨擦草木的聲音。側過頭去，背後突然走出一團黑色的物體。尚未看清，早已緊張得躍入空中，沒想到那物體，不，是那隻鳥，他也嚇得迅速竄上來。他們飛入上空時，彼此驚訝地照面。

跛腳！皮諾查心頭一震！

跛腳轉身快速飛離。皮諾查正待問清事情，急忙追過去。兩隻鳥遂一前一後的迅速低飛，掠過林投林，回到狂風中的沙地。

跛腳顯然有意擺脫他。不斷地利用風沙的吹捲，貼著起伏的沙丘，大膽地低空逆飛。這證明跛腳對這兒的地形十分熟稔。

皮諾查心裡有數，默默地緊隨其後，好幾次差點撞上沙丘。

跛腳看他緊追不捨，有點著急。皮諾查卻愈飛愈興奮，很少遇見如此高強的飛行者，他覺得碰上對手了。

兩隻環頸鴴有點像蝙蝠在暗夜中飛行，一直沿著固定的幾個沙丘迅速低繞。可是，皮諾查忘記自己左肩的傷，等到發覺傷痛復發，竟疏忽方向的控制，硬生生地撞上迎面而來的一座沙丘。

4

閉眼飛行的留鳥

暴風過境後的早晨，
他常在海邊或沙丘上看到遷徙失敗而橫陳異鄉的鳥屍。
然而，他仍未找到一道前來的同伴……

風鳥〈展翅〉

依然是星光燦爛的午夜。跟昨晚一樣，沙地帶著秋天的寒意，還有點鹹溼，躺在那兒不會舒服的。

皮諾查的確是因有點難受才醒來。這回他清楚知道發生過何事，繼續裝成暈睡的模樣，偷偷地斜望著沙丘上的另一隻環頸鴴——跛腳。連續好幾件事，使他腦海裡充滿一團疑惑。是跛腳從沙堆裡救出自己？當初既然急於迴避，為何反過來救我？跛腳到田野裡幹什麼？他的飛行技術從何學來？還有，他為何還站在沙丘上不棄我而去？這一連串問題，都讓皮諾查百思不解。

跛腳以單腳佇立的姿勢，寂然不動地打著盹。

單腳佇立是鴴鷸科水鳥最喜歡的休憩方法，環頸鴴更常有這種動作。累了再換另一隻腳，減少體溫自腳掌散失。星光照耀下，相對於沙丘的龐大，跛腳的立姿呈現優雅的和諧與穩定，像一棵遠方地平線上的蓊鬱小樹，一直堅定而穩當的挺立著，似乎天生就合該在那兒。

「多麼美的姿勢啊！」皮諾查讚歎著，這是只有環頸鴴圓滾的身子與細瘦的短腳才能展現的。

跛腳不僅選擇一個最高的鳥瞰位置休息，似乎也預估過各種突發狀況，把自我當成誘引的靶心。為什麼呢？皮諾查想來想去，只找到一個理由，就是為了自己。因為皮諾查橫躺的地方，是塊一覽無遺的低地。從小到大，第一次這樣被保護著，他覺得甚為尷尬，急忙伸翅起身，卻忘掉左肩的傷痛，剛才的飛撞更讓傷處加劇。甫站起身，隨即搖晃倒地。勉強再小心爬起，站穩。跛腳迅速飛到他跟前。

除了右腳始終縮於肚腹，跛腳外表看來和正常的環頸鴴完全沒有兩樣。身材雖稍為瘦長些。反之，也挺得更直一點。星光照射雖不甚明亮，仍可約略看出，羽色較暗褐，嘴喙磨損甚多，眼神無炯亮的神采，年紀顯然不小。

跛腳也在細細瞧著他，默默端視一會兒，未開口，隨即轉身走上沙丘去；然後再停下腳步，回頭看皮諾查。皮諾查一拐一拐地跟過去。他又往前行，再回頭望。這是一種友誼的訊號，表示接受對方。於是，他們前後相伴，走回低窪地，走回水鳥群中休息。水鳥們仍在酣睡。

皮諾查知道，自己交到一位新朋友。

清晨，他們沿著退潮的沙灘一起採食。不過，這場早餐，一開始皮諾查吃得並不

好受。跛腳的採食方法非常特別而笨拙，由於不良於行，無法像正常的環頸鴴一樣，迅速地奔逐沙灘，追捕移動靈巧的幽靈蟹。他的採食反而像一隻岩鷺，選擇好地點後，靜靜地站著守候。獵物冒出洞口時，立即伸出嘴喙，像抽出一把利劍般，迅速地刺中敵人。皮諾查剛開始有點好奇，為表示友好，特別學習一陣，結果什麼都未捕到。

這是皮諾查耗時最長的早餐。

吃飽後，他們背對著沙地，望向寧靜的大海。礁湖上也蹲站著一群吃飽食物，懶洋洋休息的水鳥與海鷗。

皮諾查從旁確定跛腳是「留鳥」後，小心而委婉地提出昨晚的幾個疑問：「田野沒有風沙，在那裡休息應該很不錯吧？」

跛腳一聽不禁莞爾。他清楚皮諾查的意圖，一口氣就全盤托出原委：「秋天以後，海邊食物較少，我的採食能力較差，只好到田野。那塊小淺灘的食物相當豐富，起風的日子去，比較安全。」

皮諾查未料到跛腳的回答如此乾脆。呆愣好一陣，隨即不再有所顧忌，遂投入直

接的探詢：「可是你怎麼敢進入林子？你知道我們是不能夠在沙地與泥沼以外的地方生活。」

「你的『不能夠』，是不准，還是無法？」

皮諾查想了一陣，遲疑的說：「應該都有吧！」

跛腳未再吭聲，仔細地打量著皮諾查。

皮諾查一臉茫然。

跛腳無奈地歎口氣說：「現在說這個問題還太早，等你待久一些，才能體會。反正我不想餓死。對了，你的飛行速度很快，如果不是風沙，昨晚差點被你追上。」跛腳把話題岔開。

「你呢？你的飛行技巧更高明，能輕易避開沙丘！」皮諾查對這個問題顯現出更大的興趣。

「我幾乎是閉著眼飛的。」

「閉著眼？」皮諾查大吃一驚，從未聽說環頸鴴能閉眼飛行。難怪先前追逐時，總覺得跛腳的飛行，有固定航線。

「對，我將這裡的地形都熟背，遇到風沙大時，閉上眼才能安然逆風飛行。假如你在這兒住久，也會學得這種本領。」跛腳說起這個事時，語氣顯得十分稀鬆平常。

「其他留鳥也會嗎？」

「你未免高估我們。」

「我想也是。」皮諾查似乎稍鬆了一口氣。

「我救過你兩次！」

「兩次？那隻野貓？」皮諾查先是錯愕，終於想起昨夜的事。

「對，是我引開他的。你知道我為何要救你？」

皮諾查搖搖頭。

「你可能不知道，我一直尾隨你。那天，看到你在風沙中掙扎，我十分感動。很少環頸鴴能通過這樣嚴酷的考驗。昨晚，你再從沙丘掉下來，確定是你後，我開始產生好奇。」

皮諾查暗自慶幸，自己顯然遇到一隻不平凡的留鳥，從他身上應可探聽出許多事情。

「你從哪裡來？」跛腳又問。

經過跛腳的引介，他接觸許多留鳥，問題是他對外界極容易產生一種本能的陌生

與疑懼，不肯主動跟其他鳥深交，每天只會跟著出去採食，一同回低窪地休息。皮諾查特別喜歡冷冷地觀察他們，「留鳥」看來跟「候鳥」完全沒有兩樣，飛行與採食技巧均不遜於候鳥。除了有點蹩腳的地方口音，眼光看來較無知外，若不是他們親口說出身分，從外表根本看不出差別。

跛腳仍常去田野採食，皮諾查未再跟隨，只把它當成一種獨特的飲食習慣。

近日來大沙地的變化，又吸引了他全副心神。這裡不僅是留鳥的採食區域，更是候鳥過境的驛站。皮諾查算是較早到來的候鳥。不到一個星期，各類的候鳥逐一出現。每次退潮，礁湖的岩礁與石礫都站滿水鳥，像個擁擠的市集。漲潮時，低窪地更擠得水泄不通。暴風過境後的早晨，他常在海邊或沙丘上看到遷徙失敗而橫陳異鄉的鳥屍。然而，他仍未找到一道前來的同伴，倒是遇見一群後來遷徙的同鄉，他們繼續匆匆南下，尋找更適合的度冬地點。

跛腳並不認識黑形。當皮諾查說出任務時，跛腳只是搖頭歎息，喃喃自語：「又來了。」

不過，他還是熱心地提供意見。

前幾天，還引領皮諾查沿河上溯，從事探查的工作。他們前往一處兩河交會處的紅樹林沼澤區，那裡非常熱鬧，水鳥種類比大沙地還多，還有複雜的陸鳥。那兒只有少數環頸鴴棲息，因為整個開闊地蘊藏的食物並不適合環頸鴴的口味。皮諾

查探詢一些情況，知道再上溯還有一處雁鴨集聚度冬的河域。於是，又不辭艱辛，花掉一個下午的時間趕抵那兒。時節還未入寒，雁鴨們尚未抵臨，水鳥們只有十來隻。退潮後，整個河面呈現一片廣闊、荒蕪的泥沼，情境荒涼而單調。幸好，他終於打聽到黑形的消息。有一隻環頸鴴聽過別的鳥類提及他的名字，雖不知他確切的行蹤，但足以證明他仍滯留島上。

黑形會隱匿哪個地點呢？這幾年為何沒有其他環頸鴴見過他？

眼看著許多環頸鴴與水鳥繼續南下，皮諾查心焦如焚；沿河上溯的結果，他急著到南方尋找更多的線索。從一些環頸鴴口中，他驚訝地獲知，古力也已去了南方，正積極的尋找黑形，同時，四處打探他的消息。跛腳殷勤地勸他留下來，希望他多住一段時日，了解大沙地的環境再啟程。

皮諾查並不反對跛腳的建議。可是，聽到古力的消息，他愈發著急。這次任務無形中已變成他們較勁的方式。古力是另一批搜索隊的先鋒。尋找黑形絕對是環頸鴴族群的歷史大事，誰能先找到他，顯然就是候鳥們的新英雄。誰不想當英雄呢？

十月後，大沙地上遷徙的候鳥顯著減少，又暫時恢復中秋前的情況，只剩少數想留下來度冬的水鳥與岩鷺們。海邊生物不容易捕捉了，水鳥們常要耗費比過去一倍以上的時間，去那兒尋找、翻啄。

皮諾查終於感到不耐，想到古力已在南方，而自己卻癡呆般地，滯留在這個荒蕪地區，每天疲於尋找食物，不然就是面對四處翻滾的風沙，好像沒有什麼新鮮事物。他也不屑於去田野的小淺灘找食物，因為只要是正常的環頸鴴，而且是候鳥，就要保持這種尊嚴。再不南下可就來不及了，他決定去向跛腳告別。

「每年這時你都會在這兒過冬？」

「原則上如此。」跛腳回答時洋溢著滿足的表情。

「南方食物較多，為何待在這個貧瘠的地方？」

「我習慣沙丘，南方沒有。」

「就這麼一個理由？」

跛腳沒有回答。

「這算什麼理由呢？」除了生存與遷徙的準則外，皮諾查無法認同，全然不了解這種奇怪的心情。他直覺，這種心情，其實是另一種生命的變相墮落與慢性傷

害。他的語氣裡面，充滿輕蔑之意。

跛腳有些不悅，迸出帶著說教的話：「生存的意義在這裡會更加突顯。」

「這是不是你的『留鳥』生活原則？」皮諾查繼續以半開玩笑的嘲諷語氣反問。

「候鳥也是這樣。」跛腳的口吻更加嚴肅起來：「我看多了，每一隻環頸鴴都是。」

跛腳的話對皮諾查而言，越來越玄奧。他不知怎樣銜接、應答才好。要提及離去一事，更不知如何開口。

「你是不是想離開？」跛腳好像已猜透他的心事。

皮諾查有點支吾其辭：「我想到南方走一走。」

「你打算走哪一條線？」跛腳顯然並未生氣。

不是都沿著海岸線南下嗎？皮諾查頗為納悶。

「我建議你走山線。」

「山線！」皮諾查露出吃驚的神情：「你是說——飛越內陸的山脈南下？」

跛腳點頭。

「可是，環頸鴴從不這樣做的？」

「你是不是想找到黑形？我聽你前前後後的敘述，像黑形這樣奇特的鳥，若按你以前認知的方式與環境去找，一定沒有結果。」

皮諾查沉默不語。

長老群不僅沒有指示過可以前往山區，這也違犯環頸鴴部族的規範；何況那是相當高聳的山脈。

跛腳沒有繼續遊說或任何勸阻之意，轉而換個口氣道：「歡迎你再回來。春天這兒的食物較肥美，也是回北方的最佳地點，西南風最旺、最順。」

皮諾查連連點頭，隨即拍翅升高，將大沙地留在下方，而跛腳仰望的身影，也漸漸渺小、消失。

5 前往南方的溼地

待在遷徙隊伍裡，
反而比自己單飛時還要孤獨。
不僅一點睡意也沒有，
甚至有著非常寂寥的意識，
這種意識籠罩下來，終於耐不住，
悄悄地離開……

風鳥〈單腳佇立、思考〉

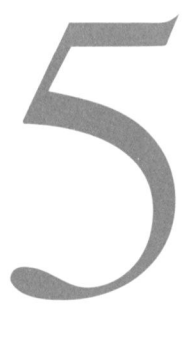

皮諾查並未朝內陸飛去。

想到古力已在南方了，他的心思與目的，就是盡早抵達溼地。溼地位於島上中部一條大溪的南岸。大部分南下度冬或過境的水鳥，都會集聚那兒。據說也是島上環頸鴴最大的棲息地。

皮諾查急著趕路，卻十分謹慎，不敢白天起程，也不願單飛。

畢竟，秋末仍是鷹群過境的時候，整個海岸，白天都有鷹群過境。

這幾日，他在大沙地上曾看到三兩隻飛行快速的紅隼。

飛過河岸後，很幸運地遇到一群金斑鴴與反嘴鷸。他們混合成南下的遷徙隊伍，約莫四、五十隻。皮諾查並不喜歡他們，卻不得不加入這群晚飛的水鳥群。

隔天黃昏，東北風吹起，他們立即飛入高空出發。由於孤單一隻，外形在隊伍中過於突顯，他儘量讓自己保持於飛行陣式中間。

這一段路程很短，約莫兩個多小時。尾隨隊伍起落，他不必再像遷徙時一樣緊張、焦慮，只學前面水鳥的張翼，緊緊跟著，順風拍翅滑行。

從大陸渡海時，皮諾查是輪流在前的嚮導。這樁工作的責任，讓他深深體會到遷徙的可怕挑戰。除了像所有環頸鴴保持最好的體力外，遷徙飛行還需眼睛不斷地直視前方，注意星辰、高度與風速。一個不小心都會誤導，進而將整個隊伍帶入

紅隼

與鴿子大小相似，乃最接近人類活動區域的猛禽。常可發現其停棲在城市大樓高處。偏愛空曠平野環境。叫聲尖銳，高亢，為一連串急速的「給、給、給……」聲。飛行技術高超，以空中定點振翅，搜尋鼠類、蜥蜴等獵物。一旦發現，即以快速垂直俯衝，輕易攫取。普遍過境鳥、冬候鳥。

魚鷹

顧名思義，魚類為主要食物，常活動於河口海岸、水庫和湖泊等環境。習慣在水域上空盤飛，尋找食物。一旦發現，可在空中停滯，進而快速俯衝，以利爪伸入水中捕食。捕獲魚類後，盤飛一陣，再飛至海域樁柱或湖邊大樹，緩慢食用。不普遍冬候鳥。

錯誤的方向。這是相當耗費精力與最不討好的工作，相對的也是一種無上的榮譽。對候鳥環頸鴴而言，榮譽勝於生活中的一切。他們以當嚮導為傲。

午夜未到，這支隊伍，抵達溼地。天色暗黑，四周的景物無法看清楚。皮諾查只察覺落腳的荒野相當遼闊、平坦，緊鄰的外海正當滿潮。水鳥停棲在這塊開闊溼地的每個角落，安然地入睡、休息。飛行如此順利，一點意外或困難都未發生，這對他而言，真是奇怪的感覺。遷徙總要歷經嚴厲的考驗，現在這般輕鬆，反而滿懷著飛行後的空虛。他相當失望。早知道就自己單飛，憑他的飛行速度與技能，甚至能更早抵達。

這使他想起前幾日，在大沙地和跛腳聊天的一段話。

那天採食後，兩隻鳥如往常一樣，在沙灘上單腳佇足休息。礁湖上突然出現一隻灰白的魚鷹。他的到來引起下面海鷗的驚慌。魚鷹撲下時，這群海鷗並未如往常般高飛起來。高飛，卻是魚鷹所期待的結果。海鷗們機伶地低貼著礁湖岩面，忽停忽飛，掠到海面上去。升空較笨拙的魚鷹見此，自忖沒有把握俯衝下去的勝算。若未逮住一隻，還不幸撞上岩石，這種代價他支付不起。然而，他是在俯衝至一半時，驀然發現海鷗的策略。他的「捕鷗計劃」半途遂變成緊急迫降，眼睜

睜地看著海鷗們安然飛離，輕盈地拍翅，穿過波濤，滑翔遠去。

「海鷗半途緩緩停飛的滑行技巧真好。我們就是學不來。可惜，他們的速度慢了些。」皮諾查望著他們的灰翳背影，漸漸地在視線裡消失，興味盎然地品頭論足：「我只學會鷹柱盤旋的滑行技巧。」

「其他的亞成鳥呢？他們對飛行的看法又如何？」跛腳很少向他探尋北方的事情，那天突然話多了起來。

「很少懂得盤旋滑行，大部分只學會一般熟悉的飛行技巧。」皮諾查思考後，猶疑地又自問道：「但是除了遷徙之外，還有什麼會比飛行更為重要呢？」

若說遷徙是他的使命，飛行則是他的興趣。

「你所謂的『重要』，是什麼意思？」

「我想可能是展現意志與毅力。在最好的飛行者身上，是可以看到這些。這也是飛行的最高層次。我們不能只把飛行當成採食、逃避的工具。我想大部分的環頸鴴從小都

受過這樣的教育，不斷地接受磨練，可惜成功的很少。他們年紀稍大時，逐漸喪失飛行的鬥志，淪為飛行工具論的忠心實踐者。這種事令我感到痛心、無奈。」

「你很有使命感。」跛腳歎道。

「或許吧。你覺得我們有沒有可能像海鷗一樣飛行？」

「像他們哪一點呢？若照你說的飛行速度，我們環頸鴴不會輸給他們的。」

「我是說他們平貼海面，暫停空中，又能迅速前進的技巧。如果我們能學到，就不必害怕鷹鷲科的追擊，也不必自限在晚上遷徙。」

「我們可能學會這種技巧？」跛腳很驚奇。

「我聽說黑形可以。」皮諾查斬釘截鐵的表示。

「你從哪裡聽來的？」

「長老群告訴我的。他們在訓練飛行時，鼓勵我們朝這個方向學習，以黑形為榜樣。」

「長老們總是講一些不可能的事。以前，許多環頸鴴也聽過相似的故事，不同的是，主角換成另一隻環頸鴴。」跛腳不太高興地嘲諷。

皮諾查未再答腔，他並非贊同跛腳的看法，而是覺得這樣空談無益，只有實踐才能獲得答案，也許有一天，他會直接飛到海上，在起舞的波濤間冒險。

魚鷹緩緩遠去，海鷗們又飛回礁湖。

「對了，你自己對探險的看法如何呢？」跛腳看他有所困惑，轉而提到另一個話

磯鷸

每年最早到來的風鳥，當許多風鳥才離去不久，牠們又在台現身。活動範圍極廣，海邊、河川、溪流，乃至山區，都有蹤影。特別喜歡單獨覓食，走動時上下擺動身體。遇有危險狀況，擺動幅度更大、速度加快。起飛時，常貼著水面，發出「幾、哩哩哩……」持續短促的明亮叫聲。普遍冬候鳥。小型風鳥。

題上。

皮諾查思考很久才回答：「最好的探險？基本上必須擁有機警的決斷能力與智慧，還要有優越的飛行能力，保持超越自己的意志。這是探險目標成功的因素。我不認為勇氣是必然的條件，勇氣是隨環境轉變的。」

「那像我到林投林與田野的行動，你認為該怎麼評估呢？」

「這就不一樣了，你的行徑超出環頸鴴的傳統，投機味過重，不合探險的本質。優秀的環頸鴴不會、也不屑於做這種事。那是迫不得已的行為。我可以理解你去那兒的理由，但還是要強調所謂的超越自己，和你有相當認識上的差距。」

「黑形飛行技術的精湛，沒有辦法用語言形容的。只有你親眼遇見時，才會清楚感覺，感覺他的超乎一切。」長老群的飛行教官，也無法確切說明黑形的飛行技巧。「在海岸，一旦你擁有這種飛行能力，本身就早已充分地揉和了探險的本質。」

皮諾查待在這一群遷徙隊伍裡，反而比自己單飛時還要孤獨。不僅一點睡意也沒有，甚至有著非常寂寥的意識；這種意識籠罩下來，終於耐不住，悄悄地離開隊伍。這麼晚了，不會有其他水鳥注意到他的離去。他一離隊，隨即展翅拔空，朝微微發亮、有著隱隱幽光的海岸飛去。

在黑夜中，這塊海岸呈現單調而寬闊的景觀。海岸線形成弧形狀，比大沙地長達十幾倍，有點像渡海前，北方的那塊半月形海岸。不知道北方是否落雪了？落雪後又是何種情形？皮諾查突然想到這個久未想起的問題，又想到跛腳最後的問話：探險？

他突然大膽地收翅，迅速滑落，驀然落腳在一塊突立海岸的大石上。水鳥中只有磯鷸有這種習性。

牛背鷺

經常停棲於牛背上，或者尾隨於牛群，以及耕耘機四周，藉這些龐大動物和物體的耕作、攪動，驚起草叢裡的昆蟲，進而捕食。繁殖期，牠們常和小白鷺、夜鷺一起築巢於林子裡。主要棲息於平地的旱田、草原及牧場地帶。普遍夏候鳥或留鳥。春天時頭部和頸部羽色變黃，亦稱黃頭鷺。

跛腳未免低估了探險，他發現自己輕易地就站上岩石，雖然姿勢很笨拙，還差點摔倒，能站在那兒的新鮮感，讓他忘了這種害羞的尷尬。幸好四下也沒有水鳥。

停在岩石上有什麼意義呢？既沒有軟體動物，更無沙蠶或螃蟹，習慣泥濘、沙地的腳掌，感到非常不自在。未及一分鐘，他又飛到下面甫退潮的泥濘地。

慢慢地，天色漸漸轉亮，地平線已映現魚肚白。這個地區的食物顯然十分豐富，水鳥們的採食競爭不激烈。退潮後，居然還沒有水鳥出現，只有自己孤獨地站在泥濘海灘上。他覺得應該飛回團隊中，隨團隊出來較安全。

正如此打算，抬頭一望，高空有一隻紅隼，筆直向他投射而來。他著實一驚，幸好未站在逆光之處，連忙閃到一旁。紅隼未撲著，趕緊收爪，又拍翅追過來。皮諾查急速高飛，紅隼趕忙上揚，惟顯得力不從心。以為一定到手的，未料竟有如此飛行快速的環頸鴴，算是開了眼界。那紅隼聰明地放棄，立即掉頭，朝內陸飛去。

望著紅隼遠去，他仍專注地想著岩石和林投林的事，遠方高空有三兩隻牛背鷺，急急趕路。飛了一整夜，他覺得肚子真的有點餓了。

6

生錯地方的留鳥

觀察是採食過程裡相當重要的一部分，
它不僅是在等待獵物，
它還在等待情境。
觀察絕對是藝術。
每隻環頸鴴都是藝術家；
是優秀的鑑賞者。

風鳥〈覓食〉

水鳥在溼地的棲息行動，猶如大規模的軍事調動或作戰演習。每天，總有上萬隻水鳥與雁鴨科、鷗科、鷺鷥科鳥類集聚，隨著潮水起落，來回於溼地和潮間帶。

溼地是片瀕海的大荒原，裡面有草澤、水塘與旱田，和內陸相隔一系列帶狀的魚塭；又和海岸之間，有一道木麻黃防風林橫亙。

潮間帶在低潮時，常裸露出一片寬達二、三公里的大泥濘地。滿潮時，這片泥濘地往往沒入海水中。

漲潮後，水鳥群飛到各種溼地休息，或繼續採食。一到退潮，又飛入潮間帶活動。水鳥不論到哪一處海岸，都是過相似的生活。在溼地的泥濘地或大沙地的礁湖，採食方式卻截然不同。皮諾查反而覺得，前者有點像回到北方的家鄉。泥濘地的灰黑、溼冷，讓他充滿親切感。這或許是此地吸引許多水鳥到來的因由，而且種類更加繁雜。每次退潮的採食，大鳥吃大蟹、小鳥吃小蟹的情形下，他看到一座秩序分明的大採食場。

愈靠近海水的泥濘地，多半是大型水鳥集聚的場所。最外圍的往往是大杓鷸，抬著看來過於笨重而下垂的長嘴，呆滯地踩在浪頭上，紋風不動；偶爾將長嘴插入

青足鷸

嘴長略為上翹，長腳綠色。在淡水河河口，往往比一般冬候鳥早到。少數成群活動，在潮間帶、水塘地區出現，迅速巧妙的追捕魚群。個性機警，被干擾時，隨即遠飛，發出「丟、丟、丟」，清亮而高昂的鳴叫聲，彷彿風鳥裡的高音歌手。普遍冬候鳥。大型風鳥。

蟹的巢穴，一次又一次地搜探著，時而翻轉頭，時而又吃力地扭轉著脖子。和環頸鴴相較，他們的行動緩慢而笨拙，經常什麼都未捉到；但一鉗住大蟹，那張堅硬的大嘴，往往能活生生地撕掉蟹腳，整隻吞入。

皮諾查看得較順眼的，大概是體形瘦長，動作輕巧的青足鷸，他們的採食方式，大概是水鳥中最多樣化的；經常沿著水邊濺起浪花，追捕驚慌而逃的小魚。

在他的評價中，青足鷸是勉強能和環頸鴴放在最高階的鳥類。皮諾查心目中的所謂「鳥類」，除了鴴鷸科水鳥之外，還有海鷗、各種鷹隼、鷺鷥與雁鴨之類在海岸棲息的岸鳥。像白頭翁、麻雀，他並非認為不具有鳥類資格，而是從未想過。對他而言，那只是長了羽毛的動物，只比蝴蝶或蜜蜂高一等。

在大杓鷸與青足鷸一線之後的泥濘地，吸引了姥鷸、黃足鷸、金斑鴴等中型水鳥。皮諾查不喜歡他們的採食行為。他們多半像餓鬼一樣，瘋狂地採食。除了吃，就是睡覺，似乎不花時間思考。到處溜達的磯鷸也讓他反感。他們鎮日像搖著屁股的乞丐，哪裡有吃的，就往那兒鑽動。

和環頸鴴一樣，擁有眾多數量的，是一種體型大小相當的濱鷸族群。他們和環頸鴴的棲息截然相反，總是集體行動，幾千隻像一隻似的，完全沒有自

己的個性。濱鷸群還喜歡邊走邊啄，成千成百一起發出巨大的攝食聲。皮諾查儘量遠離他們。不過，此區的集體盤飛，往往由他們和環頸鴴一起發動，縱然討厭，為了生活的安全顧慮，他仍需加入這種團體飛行。

環頸鴴族群集聚的海灘泥地較乾旱，接近內陸。那裡不像大沙地，常有許多幽靈蟹的幼蟲，而是更多、更豐富的沙蠶與招潮蟹。每隻環頸鴴都忙著觀察、奔跑，最後緊急煞車於洞口，繼續等待。等待小招潮蟹走出洞口，迅速捕捉。

對自己的族群，皮諾查深感自豪的一點，就是懂得觀察。這種觀察是採食過程裡相當重要的一部分；它不僅是在等待獵物，它還在等待情境。

姥鷸

喜歡集體出現，棲息於沼澤、潮間帶，較少在淡水溪流活動。動作稍緩慢，對於周遭環境較無危機意識。被干擾時，只飛到旁邊不遠的地方，繼續覓食或休息。很少發出聲音。普遍過境鳥。中型風鳥。

觀察絕對是藝術。每隻環頸鴴都是藝術家；是優秀的鑑賞者。沒有觀察，採食變得索然無味。這道理和飛行不只是逃避或採食完全相似。

乾旱地方已長有稀疏小草的區域，海水更難覆及，那兒還有為數不少金眶眼圈的小環頸鴴。他們的體型、形狀、採食都與環頸鴴近似，是他們的近親。緣於此，皮諾查對他們頗有好感。

按理講，鴴鷸科雖同屬水鳥，嚴格區分，還是不同科的族群。何況，彼此的棲息行為仍有相當大的差距。即使是鴴科本身，每一種分際都很明顯。皮諾查總認為，水鳥源自同一祖先演化而來，不斷進化之中，進化的最好的就是環頸鴴。當然，小環頸鴴、青足鷸也是相當成功的。

在大沙地忙碌而惡劣的環境下，皮諾查並未思考這些早已既存腦海的問題。來到溼地後，時間較空閒，每日面對上萬水鳥，他又開始觀察，解讀各種水鳥族群的進化關係。環頸鴴的數量為何最多，自然是他們最適合海岸生活的鐵證。至於濱鷸呢？皮諾查另有一種解釋，任何地區的鳥口，數量的分布

黃足鷸

腳、腳趾為黃綠色。習性沈默，成小群活動。比較不懼怕人們，遇到危險時，不一定會馬上飛走，有時會蹲低身子。偶爾停棲在岩石、石頭上。秋天南下，特別早到。春天時，過境數量較多，聲音吵雜。普遍過境鳥。中型鳳鳥。

永遠是最低階與最高階最多。在這塊溼地，這個最低階就是濱鷸。

皮諾查家鄉的族群中，大部分都沿大陸海岸南下，連長老群也是，只有少數幾隻來到這島嶼，並出現在溼地。他們的棲息，看來跟其他環頸鴴沒什麼兩樣，皮諾查遇到時，精神卻不自覺的緊繃。

前幾天採食，碰到一隻長老。他認得皮諾查，只是緊抿著嘴喙，冷冷地望著。皮諾查感覺他的雙眸充滿責備的眼光，彷彿在說：

「什麼時候了，居然還有時間遊蕩。」

皮諾查並未忘記尋找黑形，同時繼續留心古力的行蹤。

古力顯然來過這裡，又不知去向，這頗讓他忐忑難安。

他不得不主動認識許多留鳥環頸鴴，這是尋找黑形的唯

一方法。馬南是他覺得唯一可深交的朋友。他們是在集體飛行時相識的。

每次漲退潮，都是集體飛行時間，所有水鳥全加入這個大規模轉換棲地的行動。他們常分成三、四個飛行集團，有時就只組成一個，集聚成千成萬，像一團蜂群，甚至更像大量的蝗蟲。盤飛、急行於海岸上空；與空氣相互擦撞出巨大的集體飛行聲音。這是皮諾查最喜歡的遊戲。他往往處在飛行集團邊緣，猶如一艘小艇貼著航空母艦，靈巧而快速的穿梭，利用飛行集團的行進，測試自己的飛行技巧與速度。他常會練習中途翻飛，半途停頓，急降後再急升，緊緊附著集團。如果單獨一隻練習，這種飛行動作往往易遭眾多注目，容易招惹危險。這方面他相當警覺。在集團中，連兇猛的魚鷹，都不敢進來攖其鋒芒。

有一天，集體飛行時，皮諾查試著飛到前方，練習固定的迅速滑翔，保持高速前進。正演練這種姿勢時，有隻環頸鴴以同樣的方法，從後頭跟上來。他相當好奇，故意放慢速度，翻飛到集團之後，那隻環頸鴴迅速仿效他的動作。緊接著，集體轉彎時，他又連續翻飛到前面，未料到那隻環頸鴴也能擺出這種高難度動作。

皮諾查不禁興奮起來，立即拔高，如火箭般朝高空彈射出去，這隻環頸鴴硬是跟上來。

「莫非瘋了！」皮諾查暗自竊喜，繼續施展最拿手的絕活：鷹柱盤旋。熱氣流的地方像存在一個無形的圓柱體，他挺著羽翼，拿捏住熱氣流的位置後，輕鬆地繞

濱鷸

常成千上百隻，成群出現於河口沙洲、沼澤地帶。飛行時，千隻如一隻，休息時亦然。集體行動如軍旅。覓食時，經常快步行走，低著頭，以嘴插入泥中啄食。那不停地戳著的樣子，好像縫紉機般的動作。普遍冬候鳥。小型鳳鳥。

圈冉冉上升。這隻環頸鴴顯然沒學過，在空中愣愣地飛了一陣後，似乎下定很大決心，未幾，就衝入熱氣流中，試圖跟上高空。

「好傢伙！」皮諾查鳥瞰下去，不禁讚歎著，更吃驚的是，這項讓他花了兩個星期才學會的動作，這隻環頸鴴竟能在熱氣流中操縱得很穩定，羽翼甚少抖動。兩隻環頸鴴像一對鷹，逐漸盤飛上升。

這是多麼難以想像的場景，一對矮胖、短小的環頸鴴？

但這隻環頸鴴未撐持多久，開始搖搖欲墜。當皮諾查察覺到對方是硬撐出來時，對方已力氣用盡，突地像中了彈，迅速墜落，快碰到地面時，始勉強穩住身子，振起羽翼，疲憊地停落泥濘地。

皮諾查急忙跟下去。

「你從哪裡學來的飛行技巧？」

這隻環頸鴴驚魂未定，乍聽到皮諾查的問話，相當不悅。自己差點喪命，他竟然只想到飛行。

「自己學的。」

「沒有長老教你嗎？」皮諾查不相信，怎麼可能有其他環頸鴴，能獨自學會剛才的飛行技巧。

「難道你是長老教的？」

也許飛行是天賦吧？皮諾查未再答腔，也未注意到他不悅的神色。皮諾查轉而問起別的事。知道他是留鳥後，相當駭異。皮諾查始終以為留鳥因不會遷徙，所以飛行技巧遠不如候鳥。

他就是馬南，和皮諾查一樣是亞成鳥。今年才從溼地出生，非常熟悉當地的地理環境。

對於像馬南這種本地出生的留鳥，皮諾查始終存有某種難以言喻的隔閡。譬如講話充滿地方的濃濁口音，個性不懂得矜持，生活習性散漫、慵懶。他實在無法跟他們長久相處。他會接近馬南，純粹是因飛行的興趣而產生。

相對的，馬南似乎也是為某種認知而接近皮諾查。他一直探問許多有關北方的事，候鳥如何面對遷徙的問題。馬南對他充滿欽羨，明年春天想和他一起飛回北方。

小環頸鴴

繁殖季期間，彷彿戴了金框眼鏡，披著黑色圍巾的小紳士。眼眶鮮黃、胸羽烏亮。河口的泥灘、內陸的池塘、水田，經常可見。喜愛以奔跑的方式覓食。牠們跟皮諾查這族一樣，在台灣也有繁殖記錄。但不在沙丘，而是一般乾旱的荒草地和石礫地為多，遇到敵人靠近鳥巢時，也會有擬傷的行為。普遍冬候鳥、留鳥。小型風鳥。

馬南看來較像一隻候鳥，只是生錯地方。

這天以後，皮諾查和馬南變得形影不離，經常一起練習飛行，奔逐於溼地和泥濘地間。和馬南一起，皮諾查個性稍顯開朗，但一想到黑形仍無下落，心裡的焦躁不安，也常形諸於外，弄得馬南不知如何是好。馬南熟習二、三種水鳥的語言，遂好心地幫他打探消息。

「黑形對你好像很重要？」馬南不解地問：「他會留下來，或許是受傷，也有可能是喜歡這裡？」

「你不要胡說。」皮諾查嚴肅地斥責道：「對候鳥來說，黑形是最會飛行、遷徙的鳥類。他怎麼可能只為了一點傷或喜歡這裡就留下來？他如果受傷，一定會交代別的候鳥轉告。而且，如果你去過北方，看過那塊大地的遼闊，這裡就毫無構成被喜歡的條件。一定有某種我們不知道的原因，迫使他留下。」

「你要找的，不是他，而是那原因吧？」

小雲雀

俗稱半天鳥，如直昇飛機般垂直上升，可滯留半空達一二分鐘。邊飛邊叫，清脆而嘹亮的連綿歌聲，常教人印象深刻。叫完後，隨即，失速般墜落，回到陸地。牠以昆蟲、植物種子為食。平地原野和低海拔山區開闊草地，經常能發現。屬百靈科。

「這是一體的。」

「我們留鳥好像沒有什麼偉大的傳統訓詞，上一代只教我們飛行、採食，同時在這兒繁殖。」馬南滿懷遺憾地歎氣說：「我知道『遷徙』，是從其他候鳥那兒聽來的。對我而言，留鳥好像少了一樣東西。」

「你是指『遷徙』？」

「表面上好像是這個東西，我無法確定。我一直在尋找。」

溼地裡棲息的鳥類，遠比大沙地複雜。皮諾查又見到許多未曾謀面的其他種類的留鳥。這裡沒有林投林，也沒有高大的樹群，麻雀和白頭翁並不常出現。倒是有一種留鳥，叫小雲雀，整日吱喳不停，棲滿整個溼地上乾旱的石礫地。

馬南不僅和水鳥以外的留鳥十分熟悉，還能約略溝通。這事令他驚異，大不以為然。馬南卻不知如何解釋，因為從未去思考這種似乎不應存在的問題。皮諾查覺得有必要引導他，在一同回北

方之前，讓他認識候鳥的傳統。譬如，他會暗示：「你看這些小雲雀的飛行技術實在笨拙，只會往上拍翅，不停地狂叫，好像頭上罩了一頂鳥網。他們如果有智慧，學會滑行，就可節省許多力氣。不知道你跟他們在一起，能學到什麼？」

馬南覺得皮諾查的話，顯得十分強詞奪理，卻又不知如何反駁。聽多了這種對其他鳥類調侃性的嘲諷後，他只好忍不住開口說：「我們還是不要只用環頸鴴的觀點去看別的鳥。」

「我們總要有一種依據，一種基本的判斷標準，去決定事情的優劣。」皮諾查振振有辭。

馬南辯不過他，只好任他指指點點，一會兒批評紅冠水雞的好吃懶惰，一會兒又嫌珠頸鳩

的咕叫聲難聽。並且認為只要是本地鳥類，一定有不良的惡習。

「聽你這種口氣，好像北方沒有其他鳥類？」

「哈！我們的地方全是水鳥的天下，我常飛行一天一夜，幾乎看不到其他鳥種。」皮諾查驕傲地說：「像他們這種習性，在北方一定會遭到淘汰。」

馬南更決定非到北方一睹真貌不可，畢竟他的祖先，來自那兒。

他努力地學習遷徙的各種知識。

「不可心有旁騖，我們的生活，一切是為遷徙！」皮諾查像個虔誠的宗教徒，趁機一再告誡：「如果你

紅冠水雞

通常出現於池塘、沼澤、水田及溪畔等草澤地帶。不停緩步走路啄食，或浮游於水面上。遇到危險，快速跑入旁邊草叢躲藏，甚少拍翅起飛。繁殖期，較常飛起來用腿相互撲向對方。紅冠水雞也有巢邊幫手的習性，第一代紅冠水雞長大後，仍然會留在族群裡，幫忙親鳥餵食第二代幼鳥。普遍留鳥。

珠頸鳩

俗稱斑甲。平地城市和郊野常見。性不畏懼人。飛行時，常快速低空前進。在地面覓食時會邊走邊啄，一旦遇到危險，快速大聲的垂直起飛。春天繁殖期時，雄鳩會急速高飛，大角度展翼滑翔，向雌鳩求愛。清晨時，亦常發出低沈的「咕、咕」聲，音似家鴿。普遍留鳥。

想跟我回到北方，就要戒除和其他鳥類無聊交往的不良習性。」

皮諾查認定馬南接觸太多本地事物，缺少候鳥的冷漠與孤獨，缺少一種專注的精神。

在這一點上，向來言聽計從的馬南頗不表贊同，但為了「遷徙」，還是依著他的意思，勉強順從。他漸漸發現，皮諾查並不好溝通，他在聽別的鳥說話時，眼神其實看得很遠。若不是因為遷徙與飛行，馬南很懷疑自己會交上這個朋友。

7 溯溪

卵石灘後面聳立著高大的黑色山巒——
一個從來沒有環頸鴴去過的地方。
他們愈接近愈感到惶恐不安。

如果只向其他環頸鴴打探黑形的下落，皮諾查可能永遠沒有機會找到他。

馬南略懂得磯鷸的語言，認識幾隻喜歡沿溪而上，單獨到內陸去旅行的磯鷸。

冬末的一天清晨，一隻磯鷸從溪流上游回來。馬南意外地從他口中獲得黑形的下落。他遇見黑形的地點，在溪上游兩條支流的交會處。前幾日，黑形曾在那裡的三角洲棲息，只有他一隻環頸鴴。

馬南從未去過那裡，繼續追問一些情形後，轉而告訴皮諾查。

皮諾查得知黑形現身，馬上要出發。馬南沒有長途飛行的經驗，憂心地加以攔阻：「等一下，你難道不先儲備體力，事先周詳計劃？」

「你真不適合冒險，該放膽時，偏偏太謹慎。」皮諾查看他神色慌張，不禁責備起來：「這行程不過一個上午就可抵達，又不是要遷徙。現在，最急的是爭取時間。我擔心黑形不會久待。千萬記得，短程飛行需要的是速度與謹慎觀察。走吧！先上路再說。」

皮諾查興沖沖地講完，不待他首肯，展翅向溪邊急飛。

馬南只得加速趕去。

他們貼著溪面，一前一後，快速的溯溪而上。這條溪流的兩岸與北方那條大河，呈現截然不同的風光。沒有蓊鬱的紅樹林，也沒有荒涼的沼澤，而是竹叢、沙洲、蘆葦灘、黃槿林反覆羅列。很少水鳥上溯。只有三兩隻磯鷸，在他們快速飛過時，孤獨地掠出河面，發出驚異的叫喊。

「聽說有些環頸鴴也沿此溪到內陸去，磯鷸則上溯得更遠。」

「前面又沒有沼澤，他們上溯這麼遠幹什麼？」皮諾查十分不解。

「不知道，也許是一種習性吧！」馬南只是聽聞，不甚清楚。

正當他們急速掠過一處沙洲，眼前荒地上的灌木叢裡，突然飄出一隻巨大的黑鳥。

皮諾查眼尖，毫不慌忙地向馬南打信號，雙雙斜身右傾，安靜地滑降到一塊小淺灘上，寂然不動地佇候。那是一隻羽翼棕褐如枯葉的老鷹，懶洋洋地飄升入空，向河口飛出去，毫無捕食的任何企圖。可是卻驚起一群牛背鷺，從溪岸著急地飛上旁邊的黃槿林。

「你停過樹上沒有？」皮諾查突然開口。

馬南猛力搖頭，仍緊盯著老鷹遠去的背影。

停在樹上想必需要強而有力的腳爪吧？皮諾查猜想。環頸鴴的腳掌，只適合在泥濘或沙地奔走，能快速飛行，又能迅速疾走，何必上樹尋求庇護呢？他的結論於焉產生：上樹是那些無法在地上穩健走路、或是快速飛行的另一種避敵方式。他對牛背鷺寄以深切的同情。

「對了，你為什麼不問那隻磯鷸，黑形長什麼樣子？」皮諾查想起這個重要的問題。

「對他們來說，我們每隻都長得很相似。就好像我們看他們一樣。」

「喔！他們也如此啊！」

「不過，至少可以判斷，黑形一定懂得磯鷸的語言，這些磯鷸才會認識他。」

「你的判斷很正確。」

「我聽那隻磯鷸描述，秋天時，三角洲還有一些環頸鴴。冬天時，食物短缺，都遷回河口。黑形現在出現在那兒，實在奇怪。」被皮諾查一鼓勵，馬南積極地推敲起事情：「若依你所言，或照目前的情況，黑形可能不會想見到任何環頸鴴。我們一旦出現，他一定會躲起來。」

「我也有同感，從這幾個月的探查判斷，他似乎有很長的一段時間，未跟任何環頸鴴接觸，而且很明顯是故意在迴避。真奇怪。待會兒飛進去以前，一定要採用策略。」

他們繼續上溯，穿過一些城市、鄉鎮，還有橫跨溪流的橋樑。

老鷹

俗稱來葉。喜愛棲息於港口、沼澤和低海拔山區水域環境。飛行時常盤旋，亦常成群活動。偏好集體過夜，清晨時再各自散開。以動物死亡或腐敗的屍體為食物，被稱為猛禽清道夫。目前全台記錄不到二百多隻。稀有留鳥或冬候鳥。

當他們遠遠發現三角洲時，便各自散開，分別飛到溪的一岸，繞個大圈，從不同的南北方向，俯衝進三角洲。三角洲並不大，他們快速地來回交叉幾次。上面空蕩蕩的，一隻水鳥也沒有，只長著稀疏的草叢。

他們失望地飛降，相互呆望。

「回去吧？」馬南忍不住開口。

皮諾查心情很複雜，滿懷失落感。假如黑形曾在這兒，現在他會去哪裡呢？當然不可能是河口？那麼他只有一條路可走，繼續上溯。但，上游方向還有三角洲嗎？或者其他類似的泥濘地？

馬南看他愣在原地，再一次提醒。

皮諾查仍陷入沉思中，未理會馬南。

突然，三角洲上飛進一隻鳥。他們仔細瞧，是隻磯鷸。磯鷸並未跟他們打招呼，自顧自地忙著沿溪邊採食。

馬南走過去，向他問好，趨前聊了一些話，似乎談得很愉快。皮諾查仍在原地呆

立，只看著馬南將他帶過來。

皮諾查仔細地看著這隻非同種的水鳥，轉問馬南：「你帶他來做什麼？」

「他對這兒的地理非常熟悉，可以當我們的嚮導，向附近的鳥類打聽消息。」

「三角洲上什麼都沒有，這附近還有鳥嗎？」皮諾查相當納悶：「我看不必了，以我們的飛行能力就足夠應付。」

馬南將話轉述給磯鷸，當然不包括後面的一句。

那隻磯鷸遂向他們招手，要他們跟著飛行。皮諾查倒是想看他能變出什麼把戲。飛不到一百公尺，磯鷸落降一處隱密的草叢空地。皮諾查先前在大沙地有了經驗，毫不忌諱地就跟下去。馬南遲疑地繞了幾圈，眼看皮諾查並沒什麼異樣，咬緊牙根，怯生生地降落。

落到空地後，馬南仍戒懼謹慎，警覺地巡視四方。磯鷸走入草林，留下他們在那裡等候。

過一段時間，皮諾查也有點不安起來，只是在馬南面前仍強裝鎮定，安慰他說：「放心，如果有什麼事，記得要往上衝，不要斜飛！」

「是不是像小雲雀那樣垂直升空？」

「小雲雀？」皮諾查愣了一下，覺得這樣的比喻並不恰當，一時又找不到更貼切的形容，只好點頭。

這時，草叢沙沙作響。他們緊張地盯著聲音的方向，羽翼緊繃，隨時準備入空。幸好，從草叢走出來的是那隻磯鷸，旁邊還跟出一隻長嘴的胖水鳥。皮諾查從未見過，仍保持高度戒心。馬南知道那是彩鷸，只在這裡繁殖。他幫皮諾查介紹。皮諾查仔細打量，彩鷸似乎臃腫了一點，做為水鳥並不適合。

磯鷸開始翻譯彩鷸的口述。那隻彩鷸很熱情，說起話來，嘰哩呱啦講個沒完，還生怕磯鷸翻錯，不停地補充。馬南又忙著譯成環頸鴴的語言。

這隻彩鷸描述，昨天黃昏，走出草叢採食，三角洲上仍有一隻環頸鴴，是否為黑形，他不知道；不過這個月就出現這麼一隻環頸鴴，其他都是磯鷸；他曾看到那隻環頸鴴和磯鷸聊天，喜歡單腳佇

立，飛行速度比一般環頸鴴明顯地快很多。今天早上，他再去三角洲採食時，那兒已沒有水鳥。聽說，這隻環頸鴴和磯鷸又繼續溯溪而上。

「再上溯，溪流上游的情形如何，磯鷸通常往哪邊去？」皮諾查著急地請馬南向磯鷸尋問，忘了剛才自己的不屑口氣。

這隻磯鷸對上游並不陌生。他表示，溪愈上去會愈窄，樹林卻大為增加。磯鷸通常選擇較多卵石灘的一條。那一條較寬，來自高山。

知道黑形早上才離開，皮諾查根本不想休息，又急著上溯。馬南只得依他。他們按照磯鷸的指示，匆匆告別，迅即沿較寬的溪飛去，溪岸的風景，與下游又大不相似，漸漸呈現山的地形。溪岸常被繁茂的樹林枝葉佔滿，甚至覆蓋整個溪空；溪本身也窄得剩下四、五公尺寬。有時他們好像在一條隧道中旅行，不是在空中。

他們正進入一個未知的世界，既興奮又緊張，不敢隨便落腳泊靠。皮諾查相信，黑形選擇的應該仍是近似沙洲的地形。只要有類似的地方，他和馬南都會特別加以留意，甚至多飛繞一圈再出發。

馬南漸漸感受到這種探險的刺激，生命裡一種未曾被釋放過的因子，現在解脫了。不過，他相信自己無法適應這種環境，旅行可以，長期滯留並不合適。黑形是緣於什麼理由肯待下來，不願回到海岸與北方？斜望皮諾查，只看到他眼神像

彩鷸

俗稱「土礱勾仔」，因為長長下彎的喙，類似以前土礱所用的下勾長柄。主要出現於稻田、池塘和茭白筍田等溼地。生性隱密，多於晨昏、夜間活動。以一妻多夫制出名。雌鳥產卵後旋即離開，孵卵和育雛工作交由雄鳥負責。雌鳥（圖）羽色較艷麗明亮，雄鳥體色較為暗淡。繁殖期，常發出「咕、咕……」連續的單音，常徹夜鳴叫。不普遍留鳥或夏候鳥。風鳥近親，屬於彩鷸科。

著了火，定定地瞧著前方，除了眼前，好像什麼都看不見了。

天色已近黃昏，皮諾查繼續往前疾飛，速度絲毫未減。馬南氣喘吁吁，很想建議在附近落腳度夜，卻不敢提出來。

他們又穿過一處陰暗的密林，眼前豁然開朗，呈現一塊大卵石灘的地形。可能是此溪最後一塊，因為卵石灘後面聳立著高大的黑色山巒——一個從來沒有環頸鴴去過的地方。

皮諾查似乎被山的氣勢所驚住，終於放慢速度。

趕在後頭的馬南高興地向他打信號：「右翼前方，一群水鳥！」

皮諾查也發現了，本能地立即迫降到眼前的一處草叢，好像那兒是開闊的泥灘。

馬南不得不跟下去，嘴巴卻一直呢喃著：「這裡太危險，我們應該謹慎，應該謹慎。」

皮諾查並未答腔，眼睛盯直著那群水鳥的方向。

「黑形一定在那兒，黑形出現了！沒有水鳥能在這裡出現的！」

他撥開遮擋在前的草叢，盯著遠方的一塊小沙洲，

那裡不只有三、四隻磯鷸，還有一大群彩鷸與紅冠水雞，裡面果然有一隻單腳佇足的環頸鴴。

「我們怎麼過去？」

「跟上午的方法一樣，小心，隱密一點！」

皮諾查話一說完，隨即低身掠出，貼著溪面向對岸飛去。馬南也轉身面對卵石灘，隨即竄身出去，筆直地撲向卵石灘；雖然體力已弱，速度緩慢，想到就要看見黑形，他興奮地抖動起來。

皮諾查看到馬南出發。他自己遂張開羽翼平貼溪面，速度更為加快地向這群水鳥接近。愈來愈近，他幾乎感覺到，黑形正緩緩回頭，察覺到他們的逼近，露出來不及離去的懊惱神色，黑眼珠也亮出他想知道的答案。

黑眼珠。

黑色的不安。

一支黑色的槍管等在那兒，自溪對岸開火。

槍聲響起時，皮諾查憤怒而本能地翻飛一兩圈，迅即轉向，那群水鳥也各自朝不同的方向逃逸。他的眼睛仍緊盯著黑形。

黑形一聲不發，悄然地繼續朝溪流高速上溯。皮諾查全速緊跟過去，他有相當把握，只要被他鎖住的目標，一定追得上。他將成為第一位找到黑形的環頸鴴。

可是，馬南呢？他怎麼沒跟上來？

他突然有不祥的預兆，整個身子都發軟，出冷汗。

馬南，快出現啊！他心裡大喊：我不會等你的！

黑形愈飛愈快，毫無顧忌地飛入眼前一座高大的峽谷。不知是又被山的威武或傳統的禁忌嚇到，還是想到馬南，也有可能是餓得疲倦，速度跟不上。本來堅決不放棄目標，窮追不捨的皮諾查終於漸漸放慢速度，眼睜睜地看著黑形從眼前消失了，自己卻黯然掉轉回頭。

皮諾查在溪邊找到馬南的屍體。

他被獵槍射中。皮諾查見過那種怪物，一根長長的黑色管子，會發出可怕的聲

響。那獵人瞄準的一定不是馬南，而是那群水鳥。可憐的馬南剛好飛進去，遭到射殺，掉到溪裡，最後又被沖上岸邊。

8

飛入高山

那些參天古木彷彿突然變成一隻隻縮頭、單腳佇立的長老們的巨大身影。林蓬彷若是他們圍攏的冷漠的臉龐，正俯瞰著他……

「沒有一隻環頸鴴可以遠離海岸生活，我們生存的力量，全靠這個大環境的養育。這裡是我們的根。離海岸愈遠，我們的死亡機率就愈大。」

皮諾查依然記得長老群反覆再三的告誡。

馬南意外遭獵槍射殺的那一天，皮諾查徹夜未眠。他一直守在馬南身旁，守在這座緊臨山峽出口的卵石灘上。

對他而言，這是一個異常奇怪而陌生的環境。四周都是蓊鬱的山林，天氣比海邊冷冽，缺少熟悉的鹹澀味。馬南生前最大的願望，是跟他一起遷徙回北方。沒想到，如今只剩他孤獨而茫然地站在這個荒涼的溪邊，像一個矛盾而荒謬的大問號。他依照環頸鴴的傳統，單腳佇立，默默地憑弔馬南。

次晨，皮諾查在溪岸上空緩繞三圈，「Go！We！」發出充滿哀傷的低沉鳴啼，慢慢振翅離去。

皮諾查若有所悟，決定先回到海岸。昨天才一個下午的飛行，他已像歷經一場大

遷徙，跟剛到本島時一樣疲憊，必須靜下來好好休息一番。

他變了嗎？說不定。

馬南的死，讓他心裡充滿愧疚。

回到河口的路程，耗時一整天才抵達。他繼續待在溼地，在水鳥群中，隨潮汐起落生活。有些環頸鴴還會向他問及黑形，或提到古力以及其他環頸鴴尋找黑形的近況。

他表現得好像什麼事都不在乎，其實心裡不斷在盤算著。

冬天即將結束，天氣雖更加寒冷，皮諾查已嗅到這個時節的尾巴。默默採食的這段時間，他早已擬妥一個大計劃。他要沿溪上溯，甚至考慮入山，以及再從山區回到大沙地的可能。他有種直覺，入山的困難正如遷徙；或者更清楚的說，將是另一種層次的遷徙。若以那天追逐的情況判斷，黑形顯然對山區很熟悉，很可能就在山區的某一地長期隱居。這是為何其他環頸鴴始終找不到他的原因。

黑形為什麼要違反規範，選擇這樣惡質的地方呢？皮諾查還是百思不解，暫且先拋開這個問題，他的結論已出現：黑形已經不是候鳥，也不是單純的留鳥，而是一隻陸鳥，甚至是山鳥！

當這種情況發生在別的鳥種，他會堅信地說是退化，現在這個事卻發生在黑形身

上，他開始疑惑，這到底是進化？還是退化？

皮諾查知道自己獨力難為，最好尋伴前行。他徵詢幾隻同部族候鳥的意願。起初，有些環頸鴴十分心動，但一提及入山，卻打退堂鼓。

「入山？你是否瘋了？」他們聽到後，大都有這種驚訝的反應。

皮諾查當然很正常，但的確沒有把握。不過，想起跛腳曾給予這種建議時，入山一事似乎就沒有那麼可怕。他更堅決認定，如果不走山路，將永遠找不到黑形。馬南之死，也變成他夢魘的壓力，入山變成一種尋求超越的唯一解脫。縱使難免一死，也要沿溪上溯。環頸鴴傳統的無形禁忌，漸漸自腦海消失。他不知道入山要如何準備，只好沿用傳統遷徙的方法，出發前不斷地攝食，保持體力，並且整日觀察山巒之間的星辰與風向。他檢討第一次探險為何會失敗，或許跟體力無直接關係，但先前若儲備更好的體能，信心會增強，判斷更加準確，那天黃昏，就不會急著行事。

馬南是因他而喪命。

一天，東北風終於停止。所有水鳥仍在休息，他獨自在薄霧的清晨中起飛，沿溪

重新上溯。這次的上溯離上回有一個月。速度比第一次更加輕快，沒花費多少時間就越過三角洲，穿過層層密林，抵達峽谷的卵石灘。他前往馬南死去的地方徘徊一陣，發現仍有四、五隻磯鷸和田鷸群在那兒，這回沒有看到環頸鴴。很顯然，這是一個小驛站。這些水鳥應該有一些消息吧！他敏感地觀察四周，確定沒有獵人後，怯生生地飛入卵石灘，接近他們。

皮諾查向其中的三隻磯鷸打招呼，表現一副謙恭而又熱絡的樣子。他們冷冷地端視，好像從未見過環頸鴴。

皮諾查硬著頭皮，用自己的語言開口：「你們這裡看過像我這樣的環頸鴴嗎？」

他們繼續打量他。

「一隻像我這樣的環頸鴴」，皮諾查邊說邊生硬地比翅劃腳。

動作大概很滑稽，他們相互掩嘴，竊笑起來。

皮諾查有點氣餒，展翅準備離去。

背後卻響起聲音，而且講的是環頸鴴的語言：「我見過！」

皮諾查迅速掉過頭，眼前赫然是一隻肥胖的田鷸。

「真的，他叫什麼名字？」皮諾查很好奇，這隻田鷸為何懂得環頸鴴的語言，可是，更急著想獲知黑形的下落。

「這就不知道，他在這裡時，沒有誰問過。」

皮諾查突然想到，黑形當然不會隨便說出自己的名字。

「那隻環頸鴴什麼時候離開？」

田鷸低頭默想許久：「好像一個月前，這裡有獵人來打獵。」

皮諾查急著追問：「他去哪裡？」

正如皮諾查所料，田鷸直指著峽谷口：「他從那兒飛進去，就沒有出來過。」

眼前的峽谷，山巒兩邊聳立著險峻的削壁。墨綠的溪水，從中緩緩流出，透出一股清冷的寒意。峽谷盡頭是吵雜轟隆的溪澗與原始闊葉森林。皮諾查仰頭，沿削壁一直望上去，這削壁足足有一千公尺高，最頂峰有雲層團團圍繞，彷彿要掩飾自己的真正高度。

他充滿挑戰之心，毫無怯意。

仔細觀察地形後，他更堅信上溯到此，已抵盡頭。溪岸或再深入的地方，沒有適合環頸鴴的環境；反而是那層層雲霧中，可能有不知悉的地方，黑形一定在那兒。他必須做一個從未嘗試過的飛行決定。

深吸一口氣，飛入峽谷，皮諾查隨即貼著削壁往上衝飛，慢慢升高。沒有熱氣流支撐，這比鷹柱盤旋困難。他第一次做這種嘗試。或許，當年在某種情況下，黑形必然也如此。剛開始時，他的翅膀僵硬，如掛了重物似的，很難伸展，耗去不

田鷸

個性較害羞，不喜活動於空闊的環境，往往躲藏在水稻田中，沿著濕地的水線邊緣，伸出長嘴覓食。當干擾者侵入時，先靜伏不動，突然間，再竄起，飛離。這種隱秘習性，讓牠搏得「濕地隱者」的雅號。普遍冬候鳥。中型鳳鳥。

少體力。漸漸地，放鬆心情後，較能收放自如地滑行，但身子仍緊繃，無法完全柔軟放鬆。經過一陣才發現，翅膀下是一座座從未見過的豐厚濃密的森林。那條溪早隱沒在森林下方。陽光照在羽肩上，消除不少從谷底竄升上來的寒意，筋骨漸漸活絡起來。山上的空氣比山腳下清新、溫暖，讓他莫名地想起海岸的鹹溼海風。

繼續往上飛。四周開始有雲霧出現，天氣頓時轉冷，陽光迅即消失。他想避開，卻已來不及。下面都是樹林，無法落腳，只有硬撐著繼續往上飛。霧愈來愈濃，凝結成豆大的雨珠。眼前視線模糊，他有點遲疑，害怕撞到山巒，不得不放慢速度。冰冷的雨水不斷滲溼羽翼和身子，身子變得沉重，拍翅更顯吃力。雨水並未間歇，反而有愈來愈大的趨勢。他終於支撐不住，向森林冒險滑落。在接近一棵杉樹時，設法找到一處空間，鑽了進去，總算安然落地。

可是一落到草叢，隨即機警地飛起，因為草叢下似乎有東西蠕動。一隻他未曾見過的鼬獾。等他心神鎮定，更驚訝的發現，自己竟站在一根樹枝上。當然，他站得搖搖欲墜，好一陣子才穩住。他絕未想到這一輩子會上樹。樹的下面，狀況未明，只好繼續待在樹上。

雨，繼續落著。

這是哪裡？四周都是參天古木，像搭蓋了一個大林蓬，陰森森地懸垂著奇異的攀爬植物。縱使未落雨，這裡似乎也永無陽光，終年處於黑暗之中。他又溼又餓，還好體力仍能支撐。雨也落不進這些密生的林蓬。他最擔心熱能消失，只好埋首羽翼，試著在樹上單腳佇立，縮緊發抖的身子。

那些參天古木，彷彿突然變成一隻隻縮頭、單腳佇立的長老們的巨大身影。林蓬彷若是他們圍攏的冷漠的臉龐，正俯瞰著他。那臉上的表情，不知是責備，還是讚許？

不知過了多久，雲霧終於散去。皮諾查醒來，四下靜悄悄地，只剩雨水緩緩滴落的聲音。天氣似乎轉晴了，顧不得全身溼冷，他立即奮力拍撲，衝出林蓬；藉這衝力甩落羽翼上的雨水，並且靠飛行的風力，來吹乾身子。天空綴滿許多閃亮的星子，顯然已半夜。他發現自己先前就飛在山的稜線上。下面是凝固成波浪似的一座座山頭。

朝哪裡飛去呢？

他不加考慮地選擇北方，這樣至少符合遷徙的定律。自己也充滿安全感。鳥瞰著一波波山峰從翼下消失，不知過多久，眼前的山巒豁然開朗，一整片在高山地區難得一見的盆地，赫然出現，裡面橫陳著一個廣闊的湖泊。

一看到湖，皮諾查又覺得肚子餓了。這種高山的湖泊會有食物？縱使沒有，至少能獲得休息的空間吧！雖說停過樹木，但對樹林仍心有餘悸，不太敢再嘗試。他高興地滑行下去，落腳南岸。湖邊的泥濘裡，果然有軟體動物。四周非常靜謐，確定沒有危險後，安心地埋頭採食，啄起兩三隻小蝌蚪，有點苦澀，不如海岸蟹類的甜美、生嫩，但比起卵石灘的卻好很多。知道是可吃的，又低頭採食，填飽肚子，再瀏覽整個湖面。湖上仍有些未消散的雲霧，他無法看到對岸的狀況。整個湖岸與四周的森林，都隔有一道寬廣的乾旱短草原。這個距離，讓皮諾查安下不少心。

天氣似乎不會再轉壞，他又單腳佇立，埋首，伴著湖，呼吸著清爽的高山空氣入睡。

隔天清晨，被四周的鳥叫聲吵醒。每一種叫聲，不僅未曾聽過，也比他聽過的婉

轉好聽。有的像樹枝斷裂，有的如碎石墜落，也有類似輕雷乍響。形形色色，輕脆嘹亮，每種聲音都響遍山谷，劃破天空。一眼望去，看不到任何一隻鳥，只聽到聲音不斷從森林或灌木叢傳出來。觀察許久，終於發現一種褐色的小鳥，不停地在隱密的灌木叢跳躍，發出與身子不成比例的巨大鳴叫。又過一陣子，陽光穿透雲霧，照到森林時，一些像松鼠般的大鳥，居然像猴子般在林間上下跳躍。許多五顏六色的山鳥組成團隊，沿著一棵棵樹旅行。他被這些複雜鮮豔的鳥吸引得眼花撩亂。可惜，音感素來就缺乏，看來看去，只發現這些山鳥的飛行速度或技巧都很差。只有一種小鳥特別惹他注意，體型比三趾鶉還小，卻在樹幹走上走下，而且能沿樹走路般地快速繞圈。

雲霧自湖面漸漸散去，對岸雖仍不甚清楚，湖面已霽然開朗。湖上浮著一對像雁鴨的鳥類。旁邊的草澤，還站著一隻高大的鷺鷥科鳥種。皮諾查不認識這兩種鳥，卻十分興奮，因為這表示湖岸附近仍有鳥類存在。他覺得應沿湖探查一下。起飛時，霧終於全部散去。望向對岸，皮諾查差點從半空摔了下來。

他激動得無法相信，對岸竟然站著一群水鳥。緊臨湖岸，排成一列。個個單腳佇立，背對著他。總共九隻，有大有小。大的是黃足鷸，小的是磯鷸。

沒想到，在這個海拔高達三千公尺的山上，仍有水鳥。可是獨缺環頸鴴，他有些失望。再振翅，貼著湖面飛過去。那些水鳥看到他到來，並未顯現任何驚訝的表情。皮諾查大為詫異。飛抵時，其他水鳥又繼續打盹，只有一隻磯鷸被吵醒，在

岸邊找起食物。

皮諾查走過去，向他招呼：「請問你們從哪裡來的？」

磯鷸回頭看他，一副莫名其妙的表情，不知如何回答。

皮諾查才發現，自己正在對一隻磯鷸講話。他怎麼可能聽懂自己的語言？想到此，不禁無奈地搖頭。

那隻磯鷸卻開口說話了：「你繼續說沒關係，我聽得懂。」

經歷許多奇事後，磯鷸的回答倒不會讓他驚慌失措。正如馬南懂得別種鳥的語言，別的鳥也會學習環頸鴴的語言。只是過去未曾遭遇而已。

皮諾查內心充滿感激，趕緊追問：「你們是不是從海邊來的？」

「對啊！」磯鷸似乎會過意來，眼前可能是位新到的：「我們越過北方的山峰，飛來這裡。」

果然如跛腳所說。皮諾查又問下去：「這裡是否有許多水鳥棲息？」

「沒有，你知道大家都沿海岸飛行，很少鳥會飛山路的。」

「那你為何來這裡？」

「不知道，當初就一直沿溪上溯，沒想到就來到這兒。」

「那些黃足鷸呢？」

「他們是過境的，要回北方了。」

皮諾查墜入一個不太願意面對的問題，但他還是不得不去思考它。連黃足鷸也能上到這裡，難道他們比環頸鴴更優秀？

「你有沒有在這裡見過別種水鳥？」

這隻磯鷸望著湖面，說道：「他們回來了。」

「誰回來了？」

「你的同胞。」

皮諾查急忙轉過頭，湖面果然有一隻環頸鴴迎面而來。不，不止一隻，是兩隻、三隻……啊！竟然有十來隻。

他們逐一滑落岸邊，將皮諾查團團圍住。

9

逐湖而居

他來到高山，
一心想的只是飛行，
高山變成一種工具。
他的眼神裡根本沒有山。
……更嚴格說來，
他根本沒來過山裡。

風鳥〈梳羽、搔癢〉

不等他們開口，皮諾查就自我介紹，將自己如何從海岸飛上山的情形，簡單地敘述一遍，只技巧性地略過黑形與馬南的事。皮諾查很少如此主動，內容或有所隱瞞，但他想這樣坦白的表明來意，應該可以拉近彼此的距離，也較容易為對方接納。

聽完他的話，這群環頸鴿面無表情的打量著他，彷彿不知他是從哪兒來的怪物。

「你飛上來的地方是尖峽。」許久，一隻粗壯的成鳥開口，打破尷尬的氣氛說道：「我們多半從那兒南下，很少北上，你能上來，飛行技術一定相當好。」

他就是紅繡。也因為紅繡的友善回應，皮諾查方能順利的留了下來，加入其中。

高山上的環頸鴿並不排斥他，更可說誰也不排斥誰。他開始在這支飄泊的隊伍裡，過著逐湖為生的日子。

環頸鴿在高山森林的生活相當奇特。這裡失去潮水起落的親切感，沒有熟悉的鹹溼味。海岸寬廣的潮間帶，總有數不盡的豐富食物，隨時等著水鳥去採食。尤其是留鳥，他們不必很認真採集，就可以飽食終日。高山森林的情況完全相反，它或許是許多山鳥或溪鳥的美麗家園，對環頸鴿而言，卻猶若沙漠或海洋，沒有一

處能久留，因為沒有適合的食物。

唯一有食物的地方是山巒間的湖泊，而且是有寬闊岸邊溼地的湖泊。這樣的湖泊，高山上並不多。時而乾旱、消失；逢雨時才忽又出現。他們必須辛勤的出巡，尤其是雨後，到處去找新的湖泊。若一個湖泊都沒有，只好下到山峽出口的地帶採食。他們滯留每一處湖泊的時間都不長，居無定所，往往三、四天就換一處地方。皮諾查來到的這個湖泊，算是較大的，他們滯留的時間也相對的拉長。環頸鴴常聚成十來隻的小隊伍，這是最適合在山裡遠行、飄泊的數目。

皮諾查體認到，只有透過這種長期的逐湖而居的生活，才能深入核心，和他們結交為友。

長久的相處後，皮諾查發現，他們並不清楚彼此間的身世底細，連最基本的「留鳥」或「候鳥」身分，似乎也不重要，他們在乎的是如何克服惡劣的生活環境，每當皮諾查提及身世的問題，他們多半不願回答，好像這是一個非常無趣的問題。

皮諾查觀察到這種奇特的情形，馬上緘口不語，以沉默來表示，自己也是為某種認同而來到這山上。這種認同是相當模糊的概念，恐怕連這些環頸鴴們也無法解釋。不管候鳥或留鳥，會離開海岸，顯示對那兒一定有某種不滿足的共同基調；只是他們各自抱持的心態就比較複雜。其中一些環頸鴴，或許只想逃避水鳥的團體生活；就某些環頸鴴而言，上山卻是另一種刺激的挑戰。

皮諾查不一樣，他從未有過這樣的思考方式，他只是來找黑形。

哪隻是黑形呢？

皮諾查一直在旁默默地觀察。最初，他懷疑一隻叫銀翼的環頸鴴。這支隊伍裡每隻環頸鴴都善於飛行，銀翼是飛行最快的。那副隨時蓄勢待發、充滿爆發力的飛行姿勢，讓他想起古力。銀翼的速度似乎更快，而且有更堅強的平衡飛行感。皮諾查對飛行素來自負，卻也大感佩服。銀翼飛下峽谷時，藉著這種獨特的技巧，使他像一隻岩燕般迅速墜落，就在快接觸地面時，又能輕巧地滑行，或是再迅速垂直爬升。皮諾查還沒有這麼大的勇氣去嘗試。銀翼也常脫隊，三、四天後再出現。沒有環頸鴴知道他去那裡。在這支隊伍中，你想什麼時候離去，其他環頸鴴也不會過問。銀翼更不會主動告訴其他同伴。皮諾查試

圖接近他，卻始終感覺他保持一股冷漠的距離，不太願意和其他同伴交往。

皮諾查終於看到一隻比自己還孤傲的環頸鴴。

不到一星期，皮諾查卻否定了自己的猜測。理由很簡單，一隻像黑形那麼偉大的環頸鴴，絕不會輕易展露自己的飛行本領。銀翼很難掩飾這種愛表現、又充滿自負的個性。更重要的是，自入山以來，他覺得像黑形那樣歷盡多次遷徙，突然消失入山，想必遇到很大的刺激。那刺激是什麼呢？當然還不知道，至少能約略了解，一定是與生活有關的某種重大抉擇，而非現在所爭執的留鳥或候鳥的表面問題。面對這種抉擇，或許需要很大的智慧，至少是經過艱苦生活的磨練。銀翼的眼神卻洋溢著飛行慾望的光采。跟以前的他非常相近。其實，他現在還是難免會興起這樣的激動。不同的是，上山後，皮諾查愈來愈喜歡省視自己。

除了銀翼，皮諾查認為嫌疑最大的就是紅繡。他曾閃過這念頭好幾次，但後來又覺得不像，因為紅繡不單獨行動。跟銀翼相較，紅繡的外表舉止較有親切感。可是，皮諾查有種直覺，紅繡更會保護自己。和其他同伴相處只是他的另一面貌，至於心裡想些什麼，很難揣測。出乎意料的，紅繡竟主動和他做朋友，似乎也能看穿皮諾查的心事。至少，知道皮諾查的出現，跟他往常接觸的環頸鴴不一樣，好像背後還隱藏著什麼動機。

岩燕

高山性鳥類，隨著天候季節之演變，有上下垂直遷徙習性，夏季出現在較高海拔山區，冬天在較低海拔平原、丘陵地帶。常成群在山谷間和山稜上空飛翔，飛行時，會發出「唧唧」的鳴叫聲。覓食時，成群飛擊啄食空中的飛蟲。繁殖季節在隧道、橋樑、岩壁間集體營巢。普遍留鳥。小型燕科。

「山裡的生活還習慣嗎？會不會想家？」有一次，紅繡如此打開話匣子。

「想家？」皮諾查有點不解：「你是說懷念海岸、懷念那些鹹性食物？」

「不只那些，還有我們環頸鴴既有的一些制度和習性。」

「你指的是留鳥或候鳥？」

「都一樣吧！不是嗎？」

「應該不會！」語氣十分堅定，皮諾查心裡明白是有點隨便應答，不是想了很久、很肯定的回話。

他們看著湖面上一對雁鴨似的鳥類。

「他們叫鴛鴦，你知不知道他們在哪個地方繁殖？」紅繡指著鴛鴦，提出一個看來不甚相關的問題。

「難道不是草地？」皮諾查印象中，雁鴨科都是在隱密的草叢中築巢。

紅繡猛搖頭：「你看這兒有什麼草叢？除了那三兩撮水草，起不了什麼築巢的作用。」

湖面上沒有可遮蔽的草叢，岸邊都是乾燥稀疏的短草。皮諾查一時想不起還有什麼答案。

「看到對岸的枯木林沒有？」

皮諾查朝他指的方向看去，有一群高大筆直的白枯木，突顯地林立在濃密的森林邊。

「他們就築巢在那些白枯木的樹洞上。」

皮諾查首次知道有這種築巢方式，但他隨即聰明地明瞭，紅繡話中有話，於是反過來追問：「假如春天以後，繼續留在這裡，環頸鴴是否也要上樹築巢？不然，這湖邊看來並不適合。」

「你說的沒錯，可惜沒有環頸鴴嘗試過，也許有一天，會有環頸鴴嘗試成功。就像很久以前，冬天時，曾有環頸鴴未飛回北方，反而留在南方的海岸，成功的繁殖。」

皮諾查聽得全身激動地震駭起來。如果在樹上繁殖成功，這不又是一場比以前更徹底的革命嗎？

鴛鴦

喜活動於中高海拔溪流、湖泊，偶爾在海岸海口出現。夏天時，都是群聚生活。冬天繁殖期時，較常成雙成對，形影不離。築巢時，多選擇湖邊或溪岸邊高大樹木的天然樹洞為家。小鴛鴦長大後，會自樹洞跳下，進入水域生活。稀有過境鳥，少數為留鳥。

紅繡的回答讓他想起跛腳。這兩隻成鳥都充滿叛逆性格，因著生活的歷練，也產生不少犀利的智慧。仔細比較，又有著顯著的不同，跛腳看來悲觀而又認命，不肯離開大沙地。紅繡有面對各種奇特環境的挑戰鬥志，個性豁達，開朗樂觀，眼神也比跛腳堅定有神。可是對生活，他卻沒有跛腳那種長遠打算的憂心，反而有隨遇而安，無所謂的感覺。

「春天以後，你們要去哪裡？」

「有的回北方，有的回海岸繁殖。秋天以後再聚首，也可能大家都不再回來，或是出現新的一批環頸鴴。」

「你呢？」

「還沒有決定，春天到了再說！」

皮諾查又想到黑形，春天時，黑形會去哪裡？如果不回海岸，難道他要放棄繁殖的權利？

「你在想什麼？」紅繡看他想得出神。

「沒什麼，」皮諾查趕忙回答，再次反問：「你覺得銀翼的飛行如何？」

「他對飛行有著積極的認知。這種理念上的認知，遠超過其他環頸鴴。」

「總該有些缺點吧？」皮諾查有一種期待，渴望從紅繡嘴中說出。

「他來到高山，高山變成他練習的場所。這是他聰明的地方，但也是最大的缺點。」

「這如何說呢？」皮諾查滿腦困惑。

「他來到高山，一心想的只是飛行。高山變成一種工具。他的眼神裡根本沒有山。一旦學會高難度的飛行，就不會再回來。抱持這種心態上山來的環頸鴴並不少，嚴格說來，他根本沒來過山裡。你呢？你的看法又如何？」紅繡看他的眼光似乎認為，像他這樣歷經艱難的環頸鴴，應該有不同凡俗的看法。

但皮諾查有點困窘，不知如何回答。他巧妙地閃避話題，反而暗示性地套上意欲追蹤的答案。

「可是，銀翼可能是我所熟知的，飛行技巧最好的環頸鴴？」

「有什麼用呢？」紅繡不以為然：「那也要看從什麼角度來看。」

皮諾查毫未在意紅繡的話，急著將話題引到他想要的答案上。

「你是說還有其他環頸鴴，比銀翼飛得還好？」

「應該是吧！」

「他叫什麼名字？還活著嗎？」

第二天向北方山巒遷移時，紅繡以行動證明了還有誰比銀翼飛得更好，那就是他

自己。

時節已接近北返期，每天都需要大量的食物補充熱能，並儲存脂肪。他們必須尋找更多食物的場地。這天早晨，山裡濃霧四起，他們無法找到預定的湖泊。濃霧也許會持續一兩個星期。紅繡建議飛到峽谷的溪邊，那兒是最近的採食地，然後再沿山腳北上。

群鳥都覺得這是最好的選擇。然而，如何飛到溪谷底部呢？整座山頭雲霧迷漫，溪谷的霧氣更加厚重，形成穿不透似的大雲海，必須有一隻先冒險帶頭下去。大家相互對看，最後不約而同的把焦點集中到銀翼身上。向來打前鋒的銀翼，這回卻躊躇不前，低下頭，不敢吭聲。

群鳥面面相覷，不敢責怪，畢竟這不是只靠飛行本領高強就能通過的。可是總不能這樣茫然地待在這裡挨餓啊！群鳥正坐困愁城時，紅繡站出來，二話不說，率先就朝向溪谷，邊飛邊鳴啼而下。他的叫聲猶若山鳥的嘹亮，而非平時的環頸鴴叫聲。皮諾查十分詫異。等飛入雲海時，他才知道，只有學山鳥這樣清脆的叫聲，始能在雲海中判斷方位，除了知道山的遠近，也可聯絡跟隨而下的同伴。

整支隊伍滑行下去的速度十分緩慢，卻像螺絲起子鑽下去一般，有一定的軌道，一隻緊跟著一隻，慢慢盤旋而下。若是一般環頸鴒可能無法做到這個動作。

濃霧茫茫，皮諾查只能由紅繡滑行的絲微風聲和像山鳥的鳴叫聲中判斷方位，緊跟在他羽翼之後，往下滑落。假若紅繡有任何差錯，譬如撞到山壁，他，還有後面的環頸鴒也會遭遇同樣的命運。大概是面對死亡威脅的次數太多，他一點也不緊張。何況現在命運不是操之在自己的手裡，他反而能鎮靜地思考。

從前面滑出的風聲，還有那斷續的、極有節奏感的鳴啼，皮諾查感覺到紅繡充滿自信，並且擁有一對堅硬的羽翼。

紅繡的滑行還有一種強烈的特質：穩定，不隨意顫動、翻飛；用最小的翼角，藉著風的浮力，節省體力。這種穩定平常是看不見的，紅繡的表現，卻讓他察覺到銀翼、古力，甚至自己過去飛行的虛假，只是空有一副羽翼硬挺的偽相。

難道他就是黑形？

皮諾查想起長老群飛行教官的話，對紅繡的身分再次懷疑起來。

當他們安然飛出雲海時，群鳥不禁雀躍地歡呼。距下面的溪谷不到五百公尺的高度，每個同伴都興奮地朝下面衝去。紅繡依然慢慢地盤旋，似乎仍在享受這種飛行的成就。皮諾查完全被他平凡但充滿力量的飛行技巧所吸引。

紅繡滑抵溪邊時，皮諾查跟過去，問道：「你是如何飛過雲海的？」

紅繡臉色一陣青白，顯然剛才耗費不少精神，但仍輕鬆的回答：「我往雲霧最不流動的地方飛下去。我猜那種地方比較沒有障礙，其他就全憑運氣。」

就這樣而已？皮諾查有點不敢相信。

他想再追問下去，但天色已晚，再不進食就來不及了。

10

雪山的冒險

兩隻鳥只是在
氣流中不斷地翻滾，
像在洪水中
載浮載沉的浮木，
毫無脫離
洪水的能力。

風鳥〈滑行〉

這是一處遼闊的海灘，皮諾查的眼前是澎湃洶湧的海潮，還有成千上萬的水鳥來回穿梭的叫聲。只有一隻水鳥獨立在海灘上，背對著大地。灰色的背影好熟悉。

那是黑形嗎？皮諾查走過去，對他鳴啼。

他緩緩轉過頭來，竟是跛腳！

皮諾查嚇了一跳，驚醒過來，一身冷汗。

看看四周，其他環頸鴴仍排列在溪邊酣睡。氣溫急劇下降，變得寒冷起來。在山上滯留了將近一個月，再回到山腳，恍然有隔世之感。腳下的這些溪水，遲早都會流到河口，不知海岸現在如何？其他水鳥大概開始忙著北返的工作；羽毛開始換新，食量也增加……

可是，紅繡呢？他突然發現紅繡不在行列中。

皮諾查緊張地四下盼顧，終於在另一處三角洲上發現他，孤立著，正如他剛才夢中所見。只是，紅繡面對的是一座高聳的黑山。濃霧顯然暫時從那座山前散去。

皮諾查凍得無法入眠。故意發出聲響走過去。紅繡一點反應也沒有，出了神似

的，全心全意地看著那座山，好像那是一塊有強大吸引力的磁場，強烈地吸引著他。

皮諾查輕咳一聲，問道：「這座山叫什麼名字？」

「它叫雪山。」紅繡早已察覺他的接近，說話的聲音平穩一如往常。

「雪山？」皮諾查大吃一驚：「是不是會經常落雪？」

「不一定，要看天氣的狀況。這種天氣，山頂應該是落雪了。以前天氣冷時，大家都像山鳥往山下遷移，飛到低地避寒。跟在北方一樣，誰也沒有見過雪。今天晚上，我倒是有這種看雪的慾望。」

雪。

皮諾查當然沒有見過，所有環頸鴴都未見過。

「現在上山去，會有什麼危險？」

「我也不清楚，上面大概很冷，我們可能無法忍受。」

「為什麼有這種『賞雪』的慾望？」皮諾查覺得這點很重要。

「我想知道，冬天時，不能在北方生存的答案，但又能活著回來。」紅繡轉過身，面對皮諾查，一字一句慢慢吐出來。

雖然自己還沒有能力，皮諾查已能習慣這種非規範內的冒險性思考。

兩隻鳥四目相對，黑暗中，各自閃著共鳴的眸光。

「想不想上去？」彷彿受到感染，皮諾查的聲音，變得鏗鏘有力；竟是他主動邀請。

「現在？」紅繡有點不敢相信，眼前的這隻亞成鳥竟然比他還瘋狂。

皮諾查再次肯定的點點頭，以前自己嘗試的，都有別的環頸鴴試過，他要做一件從沒有被做過的事。

「你沒有其他目的？」

皮諾查點頭，誠實地回答：「我還想證明你是不是一隻叫黑形的候鳥。」

「黑形？候鳥？我是候鳥黑形？」紅繡看似茫然，又十分高興，似乎也認識黑形：「你認為飛上雪山就可證明？」

皮諾查毫不在意他的懷疑。

「我相信除了黑形，沒有任何環頸鴴會有這種念頭。縱使有，他們也飛不上去。」

紅繡難以理解他的古怪推論。

「你自己呢？」

「我希望自己能活著看到你飛上頂峰。」

紅繡未再表示意見，繼續回頭凝望雪山。

皮諾查陪在旁邊。

兩隻鳥就這樣並立著，直到破曉。

清晨時，他們筆直地朝雪山飛去。

天氣比昨夜更冷。

他們飛到山腳後，才慢慢爬升，因為濃霧又籠罩了山頭。這也是出發前預估的必然情況，對他們而言，除了死亡外，現在沒有什麼能擋住他們的前進。濃霧雖重，還好並未落雨。一入霧堆，紅繡立即教導皮諾查，盡量貼著林尖飛行，那是霧最淡的地方，視線較清楚。皮諾查一下子就學會這種貼著林海的波浪式飛行。他想，若能回到海岸，日後或許可學海鷗一樣，自在的穿越波濤。

這段快樂時光並不長久。進入海拔二千公尺以上的針葉林後，皮諾查覺得相當吃力，愈飛愈慢。紅繡也一樣，因為天氣實在太冷。沾滿羽翼的霧水正在凍結。兩肩以下，漸漸痲木，彷彿不再屬於自己。他覺得情況似乎比想像的還糟，紅繡想必也非常痛苦。可是，紅繡繼續往前衝，他自然不能服輸，硬是撐下去。

不久，討厭的雨水終於出現，那是特別冰冷的雨珠。每一顆打在身上，都像針椎般刺到心頭。他被折磨得沉沉無力，羽翼幾度低垂，幾乎落到林海去。

不知何時，耳畔突然響起紅繡的聲音：「加油！我的狀況不比你好，我們必須相

互打氣。」

紅繡靠過來大喊。皮諾查勉強斜望，紅繡也同樣滿身落魄，形容淒慘。他只能憑藉意志力硬撐著。眼睛雖時時想闔上，但仍咬緊牙關，勉強自己繼續撐開，撐大。過一陣子，眼皮還是不支地垂下去……

「沒有一隻環頸鴴可以遠離海岸生活，縱使他暫時脫離，遲早還是要回來，因為他會喪失環境支撐的力量。在精神心靈上，他是個弱者，會變得怕死！」長老的話又迴盪腦海。

他感受到一陣冷風襲來。被這股冷風一凍，似乎清醒了過來，發現自己仍奇蹟似地飄浮在空中。紅繡也在。更讓他吃驚的，羽翼上竟沾著白色的小東西。

那是雪花！

天啊！他終於看到雪了，雪就落在他們的羽翼上。

皮諾查非常興奮，剛才幾乎凍死的困頓之感，為之一掃而光，毫無冷意。他們已接近頂峰。整個世界靜悄悄的，一點聲息也沒有。

未幾，雪又愈落愈大，風從山頂灌下。雪不再那麼新奇，在風的助波下，變得越來越可怕。雪花堆在羽翼上像擔了重擔似的益發沉重。他們不得不雙雙迫降到雪地上。

皮諾查一落地隨即撲倒。

「走上去，我們必須走上去。」

皮諾查的耳畔自然響起紅繡大聲怒吼的聲音。他只好硬撐著，重新站起，艱困地踩著雪地往上爬，但移動的腳步緩慢遲鈍。

他們的羽翼已凍僵，無法靠攏，笨重地拖在雪地上，變成累贅。

皮諾查突然想起在大沙地的經驗，這塊雪地正如沙地，充滿困難的假像，要攻上頂峰，不能只埋頭往上衝。想到此，他的精神重新振奮，踏出去的腳步變得有信心起來。他轉過頭去看紅繡，剛才仍聲若洪鐘的紅繡，反而面有難色，彷彿不只在拖著一對羽翼，而是整個身子。

「我們不能這樣硬衝，最好斜著身子，走Z字形較容易上去。你跟在我後頭吧。」

紅繡看他似乎恢復精神，有氣無力地點頭。

皮諾查帶頭，按著過去攀爬沙丘的經驗，側肩緩步行去。想到身後是位偉大的飛行家，竟由自己作嚮導，皮諾查的信心與意志更加高昂，每踏出一步，相對的力量就更增強。

紅繡緊跟在後，平常達觀的神情不但消失，還呈現異常痛苦的臉色，很顯然的，他一直強忍著痛苦。頂峰好像一直在遙遠的地方，他們始終無法接近。紅繡的意識似乎全然模糊，不知過了多久，隱約感覺皮諾查在推他，推上一處空地。這才發現，頂峰終於到達。

峰頂上一片白茫茫的雪，什麼都沒有。

皮諾查站在那上面，望著雪，一直重複地唸著：「北方會是這樣嗎？」

紅繡早已無法支撐，顧不得下面全是冰雪，埋首蹲伏下來休息。

皮諾查還是很高興能上到頂峰。他知道不能久留。於是，叫醒半昏睡狀態的紅繡。

紅繡迷迷糊糊地反問皮諾查：「你現在還認為我是黑形？」

皮諾查看他近乎失去知覺，緊張地不斷拍他，大聲吼著：「走吧，站起來，我們一定要順風滑行下去。」

紅繡仍在喃喃自語：「我是黑形？」

皮諾查硬是推起紅繡，走到一處風口，再將他的翅膀搭上自己的肩：「走吧，我們一起滑下去，滑回海岸。」

當山風再刮起時，他小心地扶持紅繡，拍翅，躍入氣流。這是他們唯一生存的機會。

他們迅速隨風飄離。皮諾查本來想，或許可以順著氣流滑行而下，可是一邊搭著紅繡，他無法輕鬆地駕馭山風。兩隻鳥只是在氣流中不斷地翻滾，像在洪水中載浮載沉的浮木，毫無脫離洪水的能力。

紅繡似乎被山風震醒。看到皮諾查在旁時，立即明白是怎麼回事。剛剛攀爬頂峰，最初由他帶頭時，欠缺經驗，累垮了自己。他感激地望著皮諾查，伸翅向他致意，沒想到這一鬆，反而被山風吹離皮諾查。皮諾查急得飛過去接他，但風力太強，根本無法搆著，像隔著一條大河。

紅繡還是向他招手，那意思好像是說，沒關係，就這樣也好。又好像是向他表示謝意。同時，開口說了些話。紅繡到底說什麼，風聲太大，皮諾查聽不清楚。

彼此的距離愈飄愈遠，皮諾查只看到紅繡消失在這座山巒中。

11 回到大沙地

每一代的長老，
屢屢不自覺地用自己的經驗創造神話；
這些神話無所不在，
也活在我們的日常生活裡……

風鳥〈避風〉

梅雨前，西南風總是吹得最輕快。雁鴨科已經飛回北方，換成水鳥返鄉的高潮。大部分水鳥褪下灰褐的冬羽，換上色彩鮮艷的春羽；積極採食，儲備肥厚的脂肪；等待夜黑風高的日子，一鼓作氣飛返家園。

現在是大沙地最美麗、圓熟的時候。它的外表在西南風的輕緩吹拂下，洋溢著金黃的飽滿色彩。每座沙丘都呈現最柔和、優美的曲線，不再顯露冬天的緊繃與凶暴。春雨也不像冬雨的溼冷，對大沙地產生封凍的作用，反而以溫暖的感覺，滋潤這塊荒裸的大地。一些較低窪的地面，因積滿雨水，形成暫時的小淺灘。淺灘上長出翠盈盈的水草，水裡則棲息著蚊蚋的幼蟲。

水鳥們端賴風向而來去。當西南風急吹而過，原本擠滿水鳥的沙地，隔天清晨經常空蕩蕩的，或是飛進來另一批由南北上的新水鳥群，繼續在大沙地休息、採食。

這時抵臨大沙地的水鳥，不太喜歡隨便飛動。他們盡量節省體力，除了隨潮汐起落在礁湖與淺灘採食，幾乎都在休息，梳理羽毛，等待適合出發的天候。大沙地常出現披著漂亮春羽的水鳥，集聚一塊兒，站在金黃的沙丘上，背後則是澄藍天

空的壯觀情景；尤其是當水鳥站成一排，單腳佇立地排列在沙丘稜線，猶若是一道鳥牆。

圓熟的沙丘，柔和的天色，肥胖的水鳥；這是沙地最動人的景觀。春天的大沙地，自然比冬天更加熱鬧。水鳥群還未回到北方，領域的企圖心已逐一顯露。拌嘴、吵架與鬥毆的事件，層出不窮。到處都有水鳥吵雜的鳴叫。

緊鄰沙灘邊的礁湖繁華如昔，那兒聚游著想在河口長大的各種幼魚；更多的海鷗和岩鷺也被魚群吸引而來。

每隻環頸鴴都把自己養得更加肥胖；縱使不回北方的留鳥，為了繁殖，也都保持這種健康的狀態。環頸鴴雖不像其他風鳥羽色大大改變，換上綺麗的春羽，褐色調的羽毛卻參雜著灰翳的光澤，像遠天陰雨的色調。雄鳥的額頭與胸頸的輪廓更是鮮明而清楚。

皮諾查自然要回北方，去維繫傳統的繁殖使命。可是，雪山之行後，他的心神仍處於疲憊、空虛的狀態。和紅繡在雪山分手後，他並未直接回大沙地，反而前往其他的海岸繼續飄泊。不知道自己要什麼，似乎也忘掉黑形。輾轉流離，好不容易才隨一些晚回的水鳥抵臨。

他回到大沙地的時節稍嫌晚了，梅雨季已開始，水鳥早已離去一大半。按他好強的性格，早該回到北方，佔據一塊領域，和其他環頸鴴結成配偶，準備繁殖下一

代。他卻姍姍到來，整個身子瘦了一大圈，遠遠看去，像一隻瘦小的三趾鷸，沒有環頸鴴的豐滿形容。

從外形看，皮諾查的確改變許多。心理上呢？他不跟其他環頸鴴溝通。沒有環頸鴴知道他在想什麼。

皮諾查的「瘦」，並非只是不積極採食，有些較精明的同伴看得出來，他的「瘦」有可能是飛行歷練的結果。以他現在的能力，並不難飛回北方。

皮諾查繼續沉默地生活於水鳥中，跟他們一起採食。每天目送一批批水鳥離去。有些環頸鴴關心他，勸他快點北返，他只說待會兒。結果，這一待又是兩、三個星期。有些更熟悉的朋友問他，找到黑形沒有？他含蓄地搖搖頭。另一方面，他聽說古力在南方找到黑形，早已飛回北方。皮諾查可以想像古力受到英雄式歡迎的場面。他仍舊隨不同的水鳥，在潮汐間起落；黃昏時，站在沙丘，目送他們離去。

皮諾查自己也說不上來，為何遲遲不肯提早離開。他似乎在尋找什麼，一個似曾相識的東西。可是無法清楚那東西的具體形狀。他不只在大沙地飄泊，時而到河

的南岸，有時則飛到林投林外，甚至飛上北方的山巒，好像要去尋找紅繡或其他高山上的環頸鴴。直到一天，他飛回北岸，進入淺灘採食，四周空蕩蕩地，只有水草搖曳著身影。他埋首自顧採食，吃飽抬起頭，眼前的沙丘，有一隻環頸鴴單腳佇立，就像去年秋天他來時看到的那一隻。

跛腳又出現了。

跛腳靜靜地聆聽皮諾查南下的敘述時，一群環頸鴴飛進淺灘。

「這大概是最後一批北返的。你如果要走，最好跟他們一起，不然就來不及了。」

「你去過山上嗎？」皮諾查似乎沒有聽到他的規勸，仍然是往昔那種狂熱，孤注一擲的口氣。

跛腳遲疑許久，勉強點頭，答道：「我認識紅繡。」

「你也認識？他是不是黑形？」皮諾查的眼神頓時炯亮，卻帶著奇特自嘲的笑意。

跛腳覺得皮諾查好像看透一些意欲追求的事物，只是對生活的體認仍是老樣子。

「你覺得有黑形這隻環頸鴴？」他嚴肅地反問道。

「怎麼不可能？」皮諾查對這個前提的否定很不以為然：「我自己都親眼見過。」

「你看到的只是另一隻環頸鴴。」跛腳毫不客氣地對他澆冷水。

「照你這樣說來，其他環頸鴴都在說謊，連北方的長老群也是。」

「其他環頸鴴總會傳出一些奇怪的耳語。」跛腳似乎很確定自己的判斷，冷靜地解釋：「每一代的長老，屢屢不自覺地用自己的經驗創造神話；這些神話無所不在，也活在我們的日常生活裡。黑形只是較突顯的鮮明例子。長老群運用這些神話來維護族群的存續，鼓勵下一代變成優秀的候鳥。留鳥也有相似的問題。」

「可是，長老群為何派我們來尋找？」

「因為黑形一定要找到，而且一定得死。當然，找到他的環頸鴴絕不是你，而黑形死前會講出一些話，成為候鳥的珍貴遺言。」

「我不贊同這種荒謬的推論。我相信黑形絕對存在。他只是不以黑形之名活著。我們要找到黑形，事先也沒有預設答案與結論，再去尋找。你知道我因為這樣的尋找，體驗多大嗎？」皮諾查滔滔不絕地雄辯起來：「我感覺到你對候鳥的偏見，這不是留鳥或候鳥的問題，而是身為一隻環頸鴴，他該如何了解生存的意義。留鳥能說候鳥不好嗎？難道他們忘了遷徙的偉大意義？相反的，候鳥能譏諷留鳥嗎？他們能說留鳥沒有進取心？懶惰？我想，執著地留下來也是一種生命的

拓展。溯溪或入山這一切都是。也許這是環頸鴴這個族群演變成兩種不同屬性的時候。無論如何，我心中仍有一隻偉大的環頸鴴，或許他不叫黑形，但一定存在，也許就是紅繡。縱使我承認你的假設是對的，縱使黑形只是象徵性的存在，一定有類似的環頸鴴，也有可能是其他鳥類。」

「你是說其他水鳥？」

「不止是水鳥。」皮諾查不假思索的回答。

跛腳發現皮諾查減少了環頸鴴至上的理念。

「你怎麼認識紅繡的？」皮諾查突然又想起。

「好幾年前，我曾在高山湖泊待過。他是很懂得生活的環頸鴴，真想再見他一面。」跛腳似乎仍在思考皮諾查先前講的話，也許紅繡在他過去的歲月裡，也有著特殊的意義，思索了一會兒之後，跛腳終於說道：「也許你說的對，每一隻環頸鴴的心中，都該有一隻偉大的祖先。」

跛腳看來比秋日時豐滿許多。春天的大沙地，食物非常豐富，到處都有沙蠶與幽靈蟹。皮諾查猜想，他大概較少跑林投林吧？不過，他並未開口探問。

回到大沙地後，皮諾查慢慢恢復舊時的圓滾身子。同時，體內常有蠢蠢欲動的返鄉因子，不斷地刺激他。他變得時時不安、焦躁。

他相信跛腳或其他候鳥也有。只是把這種潛能刻意地壓低，直接轉化成繁殖的慾

望。這時，跛腳一如其他留鳥，常有蹲伏沙地的動作，不斷地觀察領域。

皮諾查嘴上雖肯定留鳥不願回北方自有其生活的意義，捫心自問，仍無法明瞭真正的意涵。

他仍有疑惑。

留鳥為何可以放棄遷徙這種神聖莊嚴的使命？飛行若只是為了避敵而不去遷徙，不就變成一種工具嗎？還是這個老問題。皮諾查承認自己仍無法體會。對他而言，遷徙本身不止是一種避冬或回去繁殖而已，它是對舊有傳統的尊重與肯定。這也是候鳥的成長儀式，這個意義在留鳥身上卻看不到。

那麼留鳥要的是什麼？

當皮諾查再度把這些想法告訴跛腳時，跛腳對與皮諾查之間意見相左之事，記憶猶新。他的回答變得謹慎：「遷徙並不是一成不變的南來北往，它是可以轉換的，它也絕不是你所看到的，只是化成繁殖的蹲伏衝動。而是轉換成一種長期的自我挑戰。誠如你所說的，諸如溯溪、入山，去開拓一片新領域。也許有很多留鳥失敗，但這個代價是值得的。這種『遷徙』的代價，並不比你所熟知的遷徙的

犧牲還輕。何況，你所熟知的遷徙，再怎麼危險，有一定的規範可循，留鳥的『遷徙』並沒有，它仍是個未定數。」

皮諾查雖肯定溯溪與入山的開拓意義，但與真正的遷徙比較，還是有層次上的差異。他還想繼續爭辯下去。

跛腳卻再次提醒：「他們要北返了，你再不跟去就來不及了，明年再來吧，候鳥兄弟。」

這群環頸鴴已經吃飽，養足身體。挺著肥胖、圓滾的身子，高高立在沙丘稜線上。在夕陽斜暉下，輝映出金黃的光芒。他們站成一排，單腳佇立，一隻隔著一隻，像一排整齊羅列的防風林。若沒有沙丘的搭襯，環頸鴴恐怕就無法展現如此特殊的美麗身材；他們真是沙地之子。這一排環頸鴴正在等待西南風，他們要順風而去，一路隨風回到北地。

皮諾查愣在那兒，有點依戀不捨。這一刻，他突然想起馬南。

馬南如果還在，不知是怎樣的場景？

「快走吧！」跛腳再次催促他。

最後，皮諾查還是慢慢地走向沙丘，走進這群候鳥中，跟他們一樣挺起自信的胸膛。他回頭凝視淺灘，跛腳仍孤獨地在那兒目送。

風沙在西南風下輕急地捲起，這一排環頸鴴，迅即向北方的天空投射而去。

12 繁殖期的戰鬥

颱風愈來愈強，
如鏟土機般，每吹過一陣，
大地像被剝過一層皮，
許多沙丘漸漸被削成平地……
整個大沙地好像在進行一番
徹底的改造行動。

最後一批環頸鴴終於在飛沙輕捲中離去，留下了一座空蕩的沙丘。再也沒有南來的水鳥。

跛腳目送一陣，又獨自在淺灘採食。繁殖期轉眼即至，他要加緊補充體力與熱能。

好不容易飽餐一頓後，抬頭一看，淺灘對岸站著一隻環頸鴴——是皮諾查。可是，跟十幾分鐘前的那隻皮諾查，好像不盡相似。他的姿勢沒有遷徙者貫有的焦慮與不安。猶若一棵原本就生在這兒的小樹，理所當然地挺立著。

很顯然地，皮諾查不想回北方了。

跛腳一點也不吃驚地看著這一幕，好像在重複地目睹著一件過去曾發生的事。

剛剛皮諾查隨其他鳥飛上去時，兩翼變得很沉重，彷彿下面的沙地有一股吸力拉著。

他愈飛愈慢，最後脫隊了。

那些拉住皮諾查雙翼的力量，有紅繡，有馬南，有黑形，甚至有……。他現在最

想知道的是夏天的南方，想看看放棄遷徙在大沙地繁殖是什麼樣子。

皮諾查記得紅繡跟他講過鴛鴦在樹洞繁殖的故事。相較下，放棄了遷徙，黑形會在哪裡繁殖？這個過去一直纏繞的問題，一經決定留下來，反而有了眉目。現在他覺得自己的精神似乎和黑形相當接近。縱使失去找到黑形的機會，他相信至少能獲得黑形留下的答案，這個答案無疑在繁殖的身上，緣於此，他必須放棄遷徙。

皮諾查的確變了。

然而，天氣變得更快。

梅雨過後，西南風漸漸轉弱，酷熱的大沙地常呈死寂狀態，無風可駕馭北返了。盆地的淺灘逐一乾涸，馬鞍藤縮回丘頂。鼠刺、鐵蒺藜枯成慘綠色。每種植物都是勉強在支撐著，等待偶爾出現的雷雨，紓解長時的荒旱。

留在大沙地的環頸鴴剩不到十隻；偶爾，礁湖會出現一、二隻岩鷺或者海鷗，他們是沙岸唯一的鳥類。連林投林都失去麻雀與白頭翁的身影。

在繁殖期必然的性衝動下，性別區分也在環頸鴴的日常生活中自然產生。對皮諾查而言，更不止如此，那同時還是留、候鳥鑑別被雌、雄鳥認識的重要性所取代。

這時，他邂逅了第一任配偶，瑪笛。

他們是在沙灘採食時遇見的。皮諾查的飛行能力雖好，並不相對的表示擁有優秀的繁殖行為。在求偶的儀式方面，他全無經驗，不懂得如何展開追求。若是一隻歷經多次繁殖的成鳥，這時一定會適切地在異性前表現雄姿，展示禦敵、築巢的能力。

正如他的冒險性格一樣，皮諾查是個急躁的追求者。當瑪笛在沙灘斷續跑步，邀請他尾隨時，他竟傻呼呼地愣在原地，不知如何是好，並未以同樣的步伐跟進。最後，反而猴急的先表演快速低飛的技巧，一下子就竄到她前面示愛，他還自以為瑪笛非常喜歡。很少環頸鴴擁有他來去迅速的飛行本領，瑪笛卻被他的莽撞嚇著。

原本一、二個小時即可發展熱絡的親密關係，一個早上過去了，他們仍在海灘追逐。瑪笛仍對他保持相當的距離。

隔天清晨，他們之間，闖入了第三者。

另一隻成鳥加進來追逐瑪笛。他一落腳，就挺起白澄澄的胸膛，羽翼全然亮開，

在陽光照射下，一根根地梳理；然後，又向瑪笛發出輕柔的鳴啼聲，並且蹲伏下來，不斷做挖沙的動作。皮諾查當然也會這種聲音，只是覺得由自己口中發出十分肉麻。他喜歡低沉、簡樸的鳴啼。

瑪笛似乎聽得很陶醉，毫不介意對方一步步接近。

皮諾查非常生氣。

他並不在乎瑪笛遲遲不肯接受自己的態度，他在乎的是那隻成鳥，那種毫未把他看在眼裡的神情與動作。就在成鳥忘情地靠向瑪笛時，皮諾查醋勁大發，展翅飛撲過去，和那隻成鳥惡鬥起來。

兩隻鳥像鬥雞一樣，臉紅脖子粗，全身羽毛都豎直怒伸；緊接著，又低飛相互追逐。皮諾查或許不懂求偶，飛行的本領卻遠超過這隻成鳥，自始至終保持在成鳥後面追啄。沒幾分鐘，成鳥就被逼得落荒而逃。

不管如何，皮諾查還是要感謝這位不速之客，若不是他的貿然闖入，一整天過去，他可能仍在沙灘追逐瑪笛。

那隻成鳥遠去後，這回他也學會挺胸，展翅，挖沙，並且發出極不願意發出的輕柔聲。瑪笛終於讓他接近身邊。

瑪笛年紀比他稍長，在石礫地有一年的繁殖經驗。

「你為什麼要到沙地來？很少留鳥會選擇這裡繁殖的。」

「沙丘有一種獨特的美麗。我喜歡夜深時的沙丘。」

「你有沒有想過去北方？」皮諾查無法理解瑪笛的生活價值觀。在他眼中，只有北方稱得上美麗，沒想到她居然如此讚美這塊不毛之地。「或許你該去北方看看。」

「北方？」瑪笛默想許久，突然冒出一句：「好像大部分雄鳥對這種來去的事比較關心？」

「這件事沒有性別之分。」

瑪笛聽到這句反駁，倒是興致勃勃：「照你這種觀點，不知你對繁殖的看法如何？」

「沒有什麼特別意見，跟其他環頸鴴一樣。」

「你有沒有考慮過萬一繁殖失敗的可能？」

「我從沒有失敗的念頭，一隻鳥只要意志堅強，他就永遠不會失敗。」皮諾查頗為不悅，心情沉重地說：「你的口氣讓我想起馬南，真奇怪，你們留鳥好像做事特別拘謹、小心。」

「不是留鳥，每隻鳥都該有這種心理準備。」

瑪笛頗擔心皮諾查這種死不服輸的個性。假如真的遭遇失敗，像他這樣的孤傲個性，如何承受得住？當然，皮諾查也非全無是處，至少開啟了她的眼界，知道溯溪、入山的奇事。繁殖過後，她即打算沿溪上溯，多認識一些事物。皮諾查志在尋找黑形，許多應該注意到的事都疏忽掉，換做自己，想必有新鮮的接觸。

「繁殖期後，你要到哪裡？」

皮諾查現在只想到繁殖，還未思及日後。

「不知道，再說吧。」

「我打算溯溪、入山，你覺得如何？」

「你最好有目的才去，不然的話，何必浪費這個時間，還不如待在海岸。」皮諾查覺得瑪笛玩心太重，毫無旅行計劃。「我很忙，不要再談這個無聊的問題。」

正如大部分雄鳥，不管是留鳥或候鳥，瑪笛發現自己又遇上一隻非常嚴肅而毫無情趣的環頸鴴，滿腦子只有飛行，皮諾查更加嚴重。她必須不斷地提醒他孵蛋前後的一些事項。

求偶歸求偶，這個交配儀式一結束，皮諾查迅即恢復過去的急切心情，他按自己的判斷，在大沙地到處觀察別的環頸鴴繁殖，急著尋找答案。回到瑪笛身邊，更常常對著天空喃喃自語。瑪笛覺得他們倒是像朋友，而不像共同生活的夫妻。最後，不得不跟他攤牌，因為再不積極準備，他們就無法孵育後嗣。皮諾查這時也發覺，恐怕還需自己親身實踐才能體會。於是，他才積極投入築巢的行動。

他們選擇在大沙地一處沙丘頂峰的高原築巢。高原上有不少保麗龍、鋁罐與寶特瓶等廢棄物。這是瑪笛的建議。天氣惡劣時，藉以避開水患或沙埋。此外，可以利用垃圾當掩護品，而高原也具備鳥瞰四方的清楚視野。皮諾查認為瑪笛的看法頗為中肯，但私下仍很不放心，偷偷跑去請教跛腳。跛腳說瑪笛的選擇不錯，他才安心地進行工作。

繁殖期一到，皮諾查和跛腳之間就很少見面，除了那一次請教擇巢的問題，他只見過跛腳三次，都是在沙丘上行進時相遇。跛腳在另一座沙丘上忙碌，他和另一隻環頸鴴共築的巢，就位於那座沙丘南面；他們相識五年，每年春天都在這兒繁殖下一代。

皮諾查和瑪笛共築的巢，幾乎沒有什麼裝飾。最初在沙丘高原上挖了十來個小沙坑。最後擇定其中一個。小沙坑只能容納一隻環頸鴴蹲伏，還會露出半個身子。

緊接著的生活並不輕鬆，根本沒有時間充分休息。

他們忙著採食，補充體能。生活比遷徙時更加忙碌，緊張。

六月初，瑪笛終於在小沙坑產下三顆大如鴿蛋，雜色斑駁的鳥蛋。把三顆蛋細心

地半埋沙中，晚上則裸露出來納涼。它們的顏色近乎沙石。任何動物走過，如果不站在眼前細看，根本無法察覺。加上附近垃圾橫陳，被敵人發現的機率更小。

孵蛋的日子，過得更加辛苦。

他們最大的敵人不是其他動物，而是地形環境與天候。由於天氣過於酷熱，必須輪流孵蛋。早晚天氣陰涼時，尚能輪流在沙丘上待半個小時以上。正午就完全沒辦法。平均每十五分鐘，這對夫妻就得趕忙換班一次。

他們蹲坐時，都像狗碰上大熱天的樣子，嘴巴大張，嘴角不停地淌著口水。一邊蹲伏，一邊還要把羽翼張開，略略下垂，避免讓陽光直接照到蛋殼上，造成溫度過高。他們的頭，則固定保持逆風方向伏臥，又隨太陽照射的角度，不時地變換方位，以背光的方式，繼續蹲臥。同時，不停地翻動鳥蛋，給予平均受熱。

為了蹲臥的時間，他們也常發生口角。正午，瑪笛交完班，趕去找食物後，總會去泡水，再趕回沙丘，用胸前沾濕的羽毛冷卻蛋。這樣來回奔飛，多花了一點時間。皮諾查卻覺得瑪笛的晚到擺明了是在偷懶。瑪笛則常抱怨皮諾查，起身時從未把蛋埋好，或者未時時清理沙石。

諸如這類孵蛋的瑣事，讓他們不斷地起衝突。客觀說來，這種吵架都只是情緒的發洩而已，畢竟在這種大熱天，誰也不會心平氣和。吵歸吵，他們還是將全部心力放在照顧蛋的身上。

雖然沒有敵害的跡象，他們的換班方式仍相當隱密。每次一隻回來時，都固定由海岸高空飛往內陸。在空中飛繞一圈，再降到離巢很遠的沙地。然後，再以Z字形急走，用停停走走的斷續步法，慢慢地走上沙丘高原。確定沒有問題時，再直奔巢位。這時，另一隻與他對鳴，迅速站起來，讓他入座，自己迅速飛出去。

孵蛋兩星期後，他們忙得日夜顛倒，非常疲憊。尤其是皮諾查，經常沉不住氣，直接從海岸迅速低飛，到達沙丘高原，藉以節省體力。瑪笛曾斥責過好幾次，他總以為憑自己的飛行速度與技巧，可以輕易躲開敵人的視線。

在沙地繁殖這種挑戰有何意義呢？皮諾查不禁深感懷疑，懊惱沒有回北方。這時北方天氣陰涼清爽，不必整天曝曬在炙熱的陽光下。幼雛生下後，也會有較好的採食環境。

瑪笛聽過他的抱怨後，很不以為然地說：「你以為石礫地就較好繁殖？你忘了那兒的野貓、田鼠特別多。在沙地，我們至少沒有這些麻煩。天候呢？只要忍耐就可克服。」

瑪笛的說法似乎較合常理，畢竟自己沒有繁殖的經驗，皮諾查遂不再爭辯。此

外，他漸漸察覺，自己竟忙得對研究飛行意興闌珊，還差點忘記黑形的存在，或者忘記這種存在的必要性。對於還未參與繁殖前的皮諾查而言，這幾乎是不可能的事。現在這些都發生了。如今，除了繁殖，好像其他事都可放棄，雖然繁殖工作相當繁重，怨氣又特別多；抱怨結束，他還是拖著疲憊的身子，拖著一副不再意氣風發、鬥志昂揚的身子，繼續在大沙地為下一代的誕生而忙碌。

從繁殖去理解黑形留下來的意義？真奇怪，皮諾查不敢相信先前竟有如此奇想。

就在皮諾查和瑪笛爭執的那一夜，他們的領域闖進一隻流浪狗。

這隻流浪狗一出現，就注意到沙丘上有異動。他為何出現，變成這對配偶激烈爭執的焦點。瑪笛認為一定是皮諾查冒冒失失地亂飛的結果。皮諾查當然不高興這種毫無證據的指責，但那隻流浪狗的出現，卻是不爭的事實。

流浪狗不像一般那種餓慌了胡亂闖蕩的土狗。一進入大沙地，看準目標後，就靜靜地趴躺在沙丘上，冷眼觀察。似乎清楚地知道，眼前有兩隻長翅膀的動物，捕捉他們必須另想辦法，不能魯莽地衝上去。他當然不知道，這些環頸鴴正在孵蛋，但他察覺一定發生什麼事，讓他們遲遲不肯離去。他在等待，等待破曉那一瞬間發動攻擊。天色太亮，行動不便；太早攻擊，這些環頸鴴則有所警惕。他蹲伏著，拖延時間，待他們心焦力疲，精神崩潰時，才一舉撲上。

他們原本期盼速戰速決，未料流浪狗卻故意拖磨。白天的疲憊，加上這隻流浪狗

的策略，這對夫妻的確即將崩潰。想睡又不敢入眠，四隻眼睛都望向流浪狗的地方，不停地監守著，午夜時，皮諾查終於忍耐不住，趁夜色，迅速拍撲，向流浪狗低飛過去。這一突如其來的飛掠，確實嚇到流浪狗。流浪狗機伶地反跳起來，想追咬皮諾查。皮諾查的速度遠超乎他的估計，連著兩次都咬到滿嘴空氣。後來，他也學乖，任憑皮諾查的搔擾，硬是賴在沙地不肯起來。

皮諾查看他無動於衷，只好採用更加冒險的計劃，飛到他臉前二公尺的地方，鳴叫，誘引。

流浪狗似乎知道他的陰謀，連眼皮也不想睜開。

折騰好一陣，皮諾查眼看毫無效果，敗興飛回。

「你想他什麼時候會發動攻擊？」

「八成是日出以前。」皮諾查知道流浪狗在等待。

「我們怎麼辦？」

「我想他仍未察覺我們在孵蛋，只知道我們的行動不尋常，所以賴著不肯走。等一下先把蛋埋深一些，露出一點蛋頭即可。他若撲上來，一定會到處嗅尋。唯一

的辦法就是不讓他有嗅尋的機會。屆時，我要先擬傷誘引他遠離沙坑，你可以在他四周飛鳴，擾亂。」皮諾查心中已擬妥戰略，安慰瑪笛道：「你先睡吧，我看守就可以。」

清晨，天將破曉時，流浪狗終於發動攻擊。躡著腳，慢慢走上沙丘。皮諾查早已叫醒瑪笛。等流浪狗離巢二公尺外，這對夫妻慢慢走離巢位，一副惶恐的樣子。流浪狗認為機不可失，隨即躍撲而上，瑪笛機警地飛上天空，皮諾查飛沒一公尺，摔倒地上，拖著受傷似的翅膀，在沙地上痛苦地掙扎。

流浪狗完全被他的摔倒所吸引，竟疏忽腳下不遠的沙地中，半埋著三顆鳥蛋，他只要去嗅尋這對夫妻原先的位置，即可發現那三顆鳥蛋。流浪狗再次撲向皮諾查，以為這次十拿九穩。皮諾查卻在他前爪伸出一瞬間，機伶地縱跳而出，從他眼前快速掠升，還故意揚起一片沙子，灑向他的眼睛。流浪狗氣急敗壞地吼叫，憤怒地再追逐過來。皮諾查壓低飛行高度，還不斷地落腳跑步，把他引向海邊去。瑪笛想過來幫忙，流浪狗早被皮諾查鬥得團團轉，落荒遠離。

這一戰，輕鬆地就獲得圓滿的勝利，皮諾查對繁殖更加有信心。

又過一星期，一天黃昏時，海岸天空通紅，彷彿有什麼異常的現象將發生，皮諾查正納悶，跛腳滿面憂容地出現了。皮諾查一看就有不祥的預兆。果然，跛腳告訴他，天氣馬上就要變壞，要他小心照顧鳥蛋，實在無計可施的時候，至少，要想辦法讓自己和瑪笛全身而退。聽跛腳這一勸說，皮諾查知道將遇到比酷熱更可

怕的天候。

他第一次聽到這個名字，颱風。

「怎麼辦，你聽，小鴴快要出世了！」瑪笛提出一個讓他更為煩惱的事。

皮諾查俯身下去貼著蛋殼聆聽；是的，他也感覺到蛋裡小鴴的隱隱蠕動，比自己的心跳還更有力量的撞擊。

他雖不知該如何應付，心裡仍充滿篤定的信心。

第二天清晨，天還未亮，大沙地的沙石開始翻捲，滾動；接著是風。風，不像東北風，還至少有一個方向和節奏可循，這種颱風卻是四處亂竄。皮諾查發現連站直身子都頗為困難。更可怕的是滂沱大雨嘩然傾覆而來。剛開始無雨，他們被風沙打得滿身酸痛，雨一落下，全身又沾滿溼黏的沙石。不敢起身，又無法離開。他們只有緊偎在一起，壓低身子，保護肚腹下的蛋。皮諾查經歷過更嚴酷的環

境，自然不覺得這颱風有如何恐怖的威力，瑪笛卻被整得慘無血色。

在風的助力下，雨愈落愈大，一直落到下午，乾旱的淺灘不只重新聚滿雨水，而且漸漸變成湖泊。水位節節高升，比漲潮的速度還快。幸好離巢位仍有一段距離。颱風愈來愈強，午夜時，雨停，風力卻大增，如鏟土機般，每吹過一陣，四周就消失許多沙石，大地像被剝過一層皮，許多沙丘漸漸被削成平地，有的地方又冒出新起的沙丘。整個大沙地好像在進行一番徹底的改造行動。

他們蹲伏的沙丘漸漸矮小，慢慢接近淺灘高起的水位。皮諾查大為緊張，急忙叫醒半昏半睡的瑪笛。

「我們必須移動蛋，水馬上要淹過來。」

「移到哪裡呢？」

「高一點的地方。」

這時不遠的地方，正突出一塊新的沙丘。冒著風的吹打，他們好不容易把沾滿沙石的蛋挖出。隨即努力向前推。風太猛烈，他們又逆風前進，幾乎動彈不得。有好幾次，整個身子還被吹落沙丘。

瑪笛知道已經沒有希望，她冷靜地勸告皮諾查：「我們必須放棄蛋，不然連我們都無法安然撤身。」

皮諾查沒有答話，眼神仍直視前方，繼續埋首向前推著蛋。骨子裡仍充滿過去不

信邪的鬥志 。他好像看到雪山矗立在眼前，腦海也浮現死去的馬南，失蹤的紅繡，還有那尚未知曉的黑形。他獨自擁著三顆沉重的蛋，往前推動，感覺蛋殼就要被啄開。只是，三顆蛋仍深陷在沙中，絲毫未搖動，反而是他又不小心摔倒。

「記住，你們的探查活動不要指望留鳥的幫助，一切端賴自己。留鳥個性向來較懦弱、現實，容易妥協……」

許久未聽到長老的聲音，似乎又突然響起，皮諾查腦海一片空白，再奮力爬起，看到瑪笛還愣在旁邊，頓時大怒：「你不要只顧自己的死活！如果你不想幫忙，馬上滾離這裡，我才不稀罕你的同情。」

眼看無可挽回，皮諾查仍像中了邪，根本不顧一切，眼中只剩三顆蛋。沒錯，他又回到暴風的雪山，蛋裡面就是紅繡、馬南……。緊抱著三顆蛋，現在，皮諾查比誰都恐懼死亡。

「我們不怕死，怕死的就不是環頸鴴，就不要當候鳥。」

長老群的聲音似乎自蛋殼裡傳出，仔細聽，顯然還有其他更大的聲音轟隆而來。

瑪笛實在不忍心，還是再走回去，一樣地展開翅膀，推蛋。三顆蛋夾在他們與暴風間，一動也不動。

「你聽！他們敲得更激烈，快要出來了？」皮諾查興奮地大叫。

小環頸鴴若脫出蛋殼，未過多久即可迅速跑步。屆時，他可以護著他們跑上沙丘。皮諾查頓時充滿希望，心情比登上雪山頂峰時還要興奮。

「那不是他們的聲音，是風沙的撞擊聲。可能是一場更大的風沙要吹襲過來，我們最好快點低伏……。」

瑪笛話還未講畢，皮諾查瞪大眼睛，不相信地看著沙地。

一陣黑色大風，颳到他眼前。這一陣風颳得好長好久，整個大沙地陷入昏天暗地中，翻捲的垃圾朝海邊飛滾過去。

大沙地暫時恢復平靜，原先他們站立的位置，只剩一片黃沙，上面空無一物，彷

佛只殘存著一些驚恐的鳴叫。

雨，又斷續落下。

淺灘的雨水，慢慢地上浸，吞沒了他們遺留的小沙坑。

13

颱風後的海岸

許多候鳥變成留鳥，
是經由類似大沙地的環境所歷練體會使然。
再發展出溯溪、入山的潛能。
可是，大部分留鳥現在又回到泥濘地……

風鳥〈孵蛋〉

從淺灘通往海岸的路，比以往更加崎嶇難行。

東北風雖然粗暴，至少可帶來沙石，將髒亂的物品埋在沙層底下。颱風過後，大量深埋的垃圾，紛紛從地下掀翻出來，四處橫陳，加上河流上游飄來的污物，大沙地變成惡臭四溢的垃圾叢林。

跛腳站在一座沙丘上，憂容滿面，突然懷念起東北風，因為他已嗅聞到秋天的涼意。這種嗅覺功夫，若非在大沙地久待，還不容易察覺。他站立的地方，原是自己辛苦建立的家園，颱風使一切都化為烏有。現在，整個沙丘積滿各種各類張牙舞爪的垃圾。

跛腳看到一排足跡，從腳下直線似地劃向海岸。很少環頸鴴走路這麼大膽，毫無警覺心。他們總是走走停停，隨時要繞個小彎。

跛腳認得出這是誰的足跡。於是跟蹤下去。那足跡筆直地穿入四處惡臭、蚊蚋翻飛的垃圾叢林。剛剛進入垃圾森林時差點窒息，好不容易翻越好幾座沙丘後，才呼吸到清新的空氣。足跡也從那兒清楚地點向沙灘。跛腳終於看到他。孤獨地單腳佇立，面向海洋，背對著大地。

颱風過後，皮諾查每次都在那兒站立很久很久。

跛腳挨近他。突然注意到，一年下來，皮諾查的嘴喙已磨損不少，出現大片灰白的擦痕，眼神更是黯然無光，羽毛灰褐、枯乾，比自己的形容還落寞。

「還在想颱風那一夜的事？」

皮諾查未答話。

「這種事情隨時都會發生，以後可能還會遇到。你要看開一點，這就是生活。我們以前在這裡繁殖，也經常失敗。」

皮諾查蹲伏下來。以前是馬南死亡，紅繡失蹤；如今好不容易建立的巢，卻被颱風摧毀，瑪笛又意興闌珊的離去。他覺得跛腳講的都是廢話。雖說繁殖期過後，環頸鴴習慣各自散去，皮諾查對瑪笛這麼早就分手，並非很諒解。

跛腳跟著蹲伏在一旁，仍繼續勸道：「真的看開一點，明年還有機會。」

皮諾查仍然沉默不語。

許久，跛腳又禁不住開口：「我知道你在想什麼，你以後還會回來這裡的。」

「放心，縱使不再遷徙，我也不會回來，我馬上就要離開。」

他們的對話尷尬地僵住。

還是跛腳有意地打開話匣。

「其實我也是在北方出生的。」跛腳邊說，邊看皮諾查，以為他會有所震驚，皮

諾查看似無動於衷。「最初，每年我都還回北方。我跟你一樣，飛行技術很好，充滿冒險的精神，喜歡從事別的環頸鴴不敢做的事。有一次北返前，跑到礁湖採食，不小心被大蟹夾傷這條腿，結果那一年被迫留在大沙地。當時我非常不喜歡這裡，也很排斥和留鳥一起。腿傷卻逼我屈就現實，不得不跟一隻當年第二次築巢的留鳥成對。小鴴要出世前，那個巢遭到野狗劫掠。我傷心地漂泊到山裡。腿傷家破，我處於一生最黯淡絕望的日子。可是，沒有遷徙的束縛與壓力，心靈卻意外地獲得解脫，不需要把一生的時間、精神耗費在飛行儀式上。我更不必扮演一個還未出生就被分配定型的候鳥角色。皮諾查，難道你沒有感覺，失去遷徙反而是快樂的事？」

跛腳提高聲調，大聲地逼問。

皮諾查繼續凝視大海。

「從那一年後，我就不再回北方。說來你或許不信，我繼續回到大沙地，回到這塊讓我遭受最慘痛打擊的地方。為什麼呢？這是環頸鴴所面臨最嚴苛的環境，但比起我們候鳥的遷徙規範，我寧可選擇這裡。我相信許多候鳥變成留鳥，是經由

類似大沙地的環境歷練體會使然。再發展出溯溪、入山的潛能。可是，大部分留鳥現在又回到泥濘地，跟他們北方的候鳥兄弟一樣，不同的只是脫離一個厭惡的體制，卻又陷入類似的體制。」

「你以為我會跟你一樣放棄遷徙？」

「我並非要你這樣推論。每隻鳥一定有他不同的認知。只是，我們的遭遇情況比較類似，很可能都在重複一個不知是悲是喜的命運，所以，要看開，要更清楚地認識自己。我們都只是一隻平凡、普通，甚至是相當卑微的環頸鴴。」

皮諾查沒有反駁，好像默認地點頭。好像承認失敗，徹底的失敗了。

但皮諾查的沉默也像一記深沉的悶雷，反過來重重的驚醒跛腳。跛腳不安地發現，皮諾查再出現後，自己好像就變得饒舌，而且充滿教誨的口吻，今天尤其嚴重。

到底自己是真的對皮諾查關心？還是從開始就一直殘忍地冷眼旁觀一場現實生活的戲？暗地去比較、印證自己的過往，同時又幫自己進行辯解，合理化自己的行為？可能自己早被習慣所束縛，不太願意嘗試大沙地以外的別種生活？畢竟習慣總是更重要、安全的東西。

這樣說穿了，自己不只是平凡、普通，或者卑微而已，恐怕還是一隻自私自利、充滿齷齪的老鳥？

跛腳暗自省思，整個身子竟熱出一身汗。

「是不是有東北風？」皮諾查嗅聞著空氣中有點涼意。

「嗯！」跛腳乾咳幾聲，不禁佩服皮諾查的靈敏：「秋天又要來了。」

「雪山應該還未落雪吧！我想到山裡去一陣子再說。對了，想不想一起上山？」

看過「雪」的環頸鴴，畢竟是不一樣的。的確，好久沒有上山了，跛腳的心裡著實有點動搖，但想起自己的年紀……

皮諾查並未猜透跛腳的心意。看他默然不語，以為是拒絕。兀自站起身，很久未進食了，他準備離去前先採食一下。

面對著逐漸遠離的皮諾查，跛腳好像想到一件事。他是去找紅繡？跛腳也很想去，激動地拉開嗓門，可是聲音硬是哽在喉嚨，只輕輕吐出二個字：「再見。」

皮諾查大概沒聽到，卻轉過身來，擺出好像什麼事都沒發生過的姿勢——一種又要面對孤獨、出發冒險的姿勢。

「我們是海岸最優秀的族群
一夜三千里
天地盡在羽翼裡
在荒涼和荒涼之間
承傳著祖先的精神
絕對的冷漠
絕對的勇敢
絕對的孤獨
……
……」

皮諾查又想起這首昂揚的「徒步旅行歌」，雖然對歌詞內容有了質疑，旋律還是蠻好聽的。接著，他發出堅定低沉的「Go！We！」聲，緩緩飄上天空，朝內陸的山脈飛去。

那是跛腳最後一次看到他。

14 東北風

那隻環頸鴴好像在凝視。
凝視著一個曾經發生的往事
一樣的看著他。

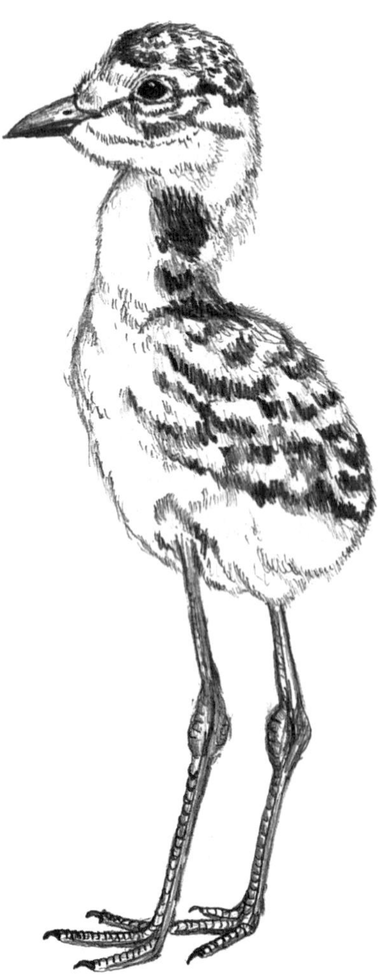

風鳥〈幼鳥〉

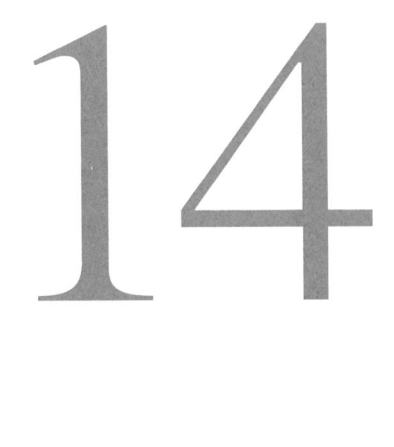

當東北風再度颳起，第一批水鳥也回到大沙地。

經過夏日的曝曬，暴風的翻耕，東北風又來重整大地。慘無天色的大沙地，毫無生物跡象，只有風追逐著風，還有沙石擦撞著沙石的聲音。

一隻環頸鴴踽踽獨行。東北風太猛烈，並不適合飛入天空，甚至低飛都可能被捲到海上。何況，他已沒有氣力。他剛剛才由北方抵達，準備到沙丘間的一塊潮溼窪地休息。因為那兒有一群水鳥。

「怕死的就不是環頸鴴，就不要當候鳥。」

他努力地爬上沙丘。按地形判斷，再翻過眼前這一座，應該就是窪地，也許他的同伴已集聚在那兒了。他再度舉步，慢慢地爬，快要爬到頂峰時，忽然發現，那兒，站著一隻鳥，是隻環頸鴴。老天！這種風力下，怎麼可能單腳佇立，是不是瘋了！那隻環頸鴴好像在凝視。凝視著一個曾經發生的往事一樣的看著他。

他走向前打招呼，仔細一看，十分纖瘦而蒼勁，大概是留鳥吧？他想。

他開口問道：「這裡是大沙地？」

那隻環頸鴴點點頭，似乎知道他來的目的，一對憂心的眼神繼續凝視著。

他繼續追問：「請問，你見過一隻叫皮諾查的候鳥嗎？」

風鳥之歌

海岸

一種成熟的旅行方法，
成鳥以後童年才開始。
旅行地圖隱藏著這條路線，
滿臉的落寞都挨著盛開的蒲公英。
小灰蝶載著超重的心情，
隨歲月遠去，
翻過山丘；
在那兒，亮著光的海岸，
世界變得又小又舊，
皮諾查無法和它溝通了。

一九八八・九・二四原稿／一九九〇・一一・九修訂

河口

我們的沙丘消失了，
水鳥棲息的地方現在是漁港，
有一道防波堤，
像剛吞飽的巨蟒，
大剌剌地橫躺著，
把死寂的世界攤得更空蕩。
沙石不再怒吼，
馬鞍藤無法蔓延。

秋天時一隻環頸鴴回來過，
但我知道牠是迷途的。

一九八九．一．三一原稿／一九九〇．一一．九修訂

闊葉林

繼續在昨天留下的夢裡醒來
有些仍和肉屑塞在嘴縫
以樹枝剔牙

向世界伸個懶腰
抖動皮下脂肪過多的身子
月光中明顯的駝背
攤開所有鳥類最重的翅膀

最後一顆星子在山平線消失
跌成早晨的第一滴露水
畫眉的歌聲從草尖撥出
這些東西
環頸鴴皮諾查是看不到的

他悄悄滑行過草原
怕吵醒另一個星球似的
飛到旱田裡
啄除昨天又偷偷增長的慾望

一九八八・一〇・一八原稿／一九九〇・一一・九修訂

高山湖泊

有一陣子
皮諾查的羽翼
還負載著團體生活的使命
對旅行家而言
這個東西也是超重的

秋末時，高瘦的檸檬桉紛紛葉落
皮諾查飛到那兒羈居
住在只容得下身子的枯樹洞
但它離湖好近
野草莓的草原連接到隱密的森林
缺乏泥沼荒地
一如缺乏苦惱

只有一隻鵂鶹飛來
為了尋找食物
苦苦的低鳴
他才想起荒涼的海岸
他假裝感傷
過著沒有使命感的日子

一九八八・九・三〇原稿／一九九〇・一一・九修訂

圈谷

年老以後，皮諾查仍單獨去了南湖大山。在冬雪下露宿。只要雲霧離去，周圍的山便清楚地發現他。一塊小裸石躺在圈谷。

生活，碎石坡。
命運，薄雪草。
成長，玉山圓柏。
思想，火冠戴菊鳥。

一九八八・三・二九原稿／一九九〇・一一・九修訂

高山

深灰色的羽翼招向，
高山上的雪花，
長老緊閉著蒼毅的冥思。
皮諾查知道時候到了，
默默頷首，
再度背起自己的世界。
穿過風雪和恐懼；
穿過飢餓和冰河；
穿過岩鷚細弱的鳴啼；
穿過薄雪草輕淡的色澤；
一條慾望的雪跡留下。

為了享受生存，
生命必須有額外的負擔；
他的堅忍一如紅檜的垂直茁壯。
意志崩潰前，
握住一線生命的陽光；

並且看到，
看到永遠和小草等高的自己，
重拾信心，回到雪線下的森林，
回到每一塊溫暖的海岸，
做一隻有尊嚴的環頸鴴。

一九八八・一〇・二〇原稿／一九九〇・一一・九修訂

認識環頸鴴

額後頭部至頸項間
為栗紅色，
此為雄鳥夏羽的重要標誌。
過眼線只由嘴基
延伸到耳後。
雄鳥較暗黑，
雌鳥呈灰褐色。
雄鳥前額黑色，
雌鳥頭上皆灰褐色。
頸部較短，
有時彷彿無脖子。
一般鴴科風鳥
嘴喙粗短，
環頸鴴較細長。
飛行時，
翼帶會露出白色。
頭部比一般
鴴科比例大。
頸胸環帶有缺口不相連。
雄鳥呈黑色，雌鳥為灰褐色。
跟一般鴴科同屬相較，
比例上，上腳稍高，灰色。
♂夏
以胸腹羽毛沾水，
來回冷卻蛋。
以腳掌拍擊地面，
驚起昆蟲和沙灘小生物，
予以啄食。

♀

東方環頸鴴（*Charadrius alexandrinus*），又稱環頸鴴。

- 全長平均 15 ～ 17 公分；體重平均 45 公克。
- 年齡不詳。根據調查，一般鴴鷸科水鳥平均有 10 年以上年齡。
- 在歐洲、中國大陸、日本、美國南部、南美等地均有繁殖。台灣地區多是冬候鳥與過境鳥，出現於每年 10 月至次年 4 月，部分為留鳥；多見於西部海岸平原。
- 主要活動於河川下游，靠近河口的泥沼地與海岸沙石灘上，經常與各類鴴鷸科水鳥群聚覓食。
- 以昆蟲、軟體動物、節肢動物為食。
- 每年季節性一夫一妻制；曾有連續六年固定配偶之記錄。
- 偏愛在碎細石子地築巢。4 ～ 7 月為產卵期，抱卵約 22 ～ 25 天，平均產 3 顆。

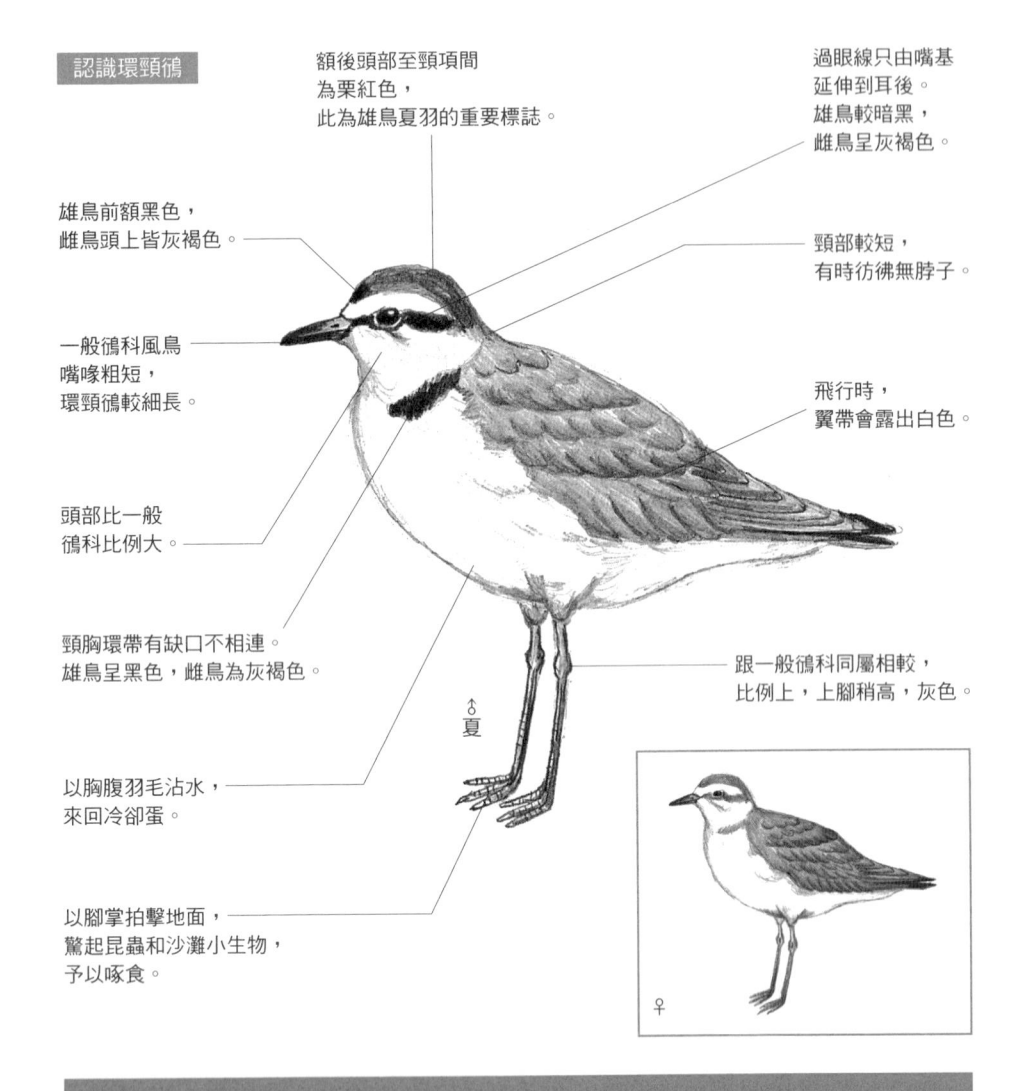

跋

至少有三樁小事件，促使我選擇環頸鴴，作為這部小說的主角。

一九八三年六月，在淡水河河口北岸，從事四季鳥類觀察時，我終於發現一個環頸鴴的巢。這個巢的位置在沙丘最高點，為了拍攝環頸鴴孵蛋的情形，在酷熱的天氣下，我和他們展開一場艱苦的鬥智。

每當其中一隻從沙丘坡上爬時，我也從另一邊迅速往上爬，設法比他早一步抵達，趴在高溫的沙地上，架好笨重的長鏡頭相機，等候他的攀頂。

最初，我往往來不及，才爬到中途，他已抵達頂峰，或被他們發現。逼得自己半途中輟，敗興折返。有一次終於成功，就守在巢位二公尺外，不斷地拍他接近的姿勢。但他意識到有人在旁邊窺伺，不願走近自己的鳥巢。也不知哪來的勇氣，反而毫無畏懼地走向我。鏡頭遂慢慢地被他整個身子所佔滿。他的眼神也因為如此接近，充滿驚人的震懾力量，驚得我按不下快門。

為此，我一直愧疚不安，深怕這樣魯莽的行徑，逼使他們放棄辛苦建立的家園。事後雖證明，我的憂心似乎過慮，罪惡感已深深烙印，迄今仍難釋懷。

一九八六年六月，在台中大安海水浴場，觀察一隻上岸待斃的偽虎鯨。我站在一艘廢棄的小船上，不時用望遠鏡遠遠搜尋海岸。海岸波濤洶湧，天空有三、四隻黑脊鷗和黑尾鷗不停地叫嗥、盤飛，伺機要啄食鯨背上的寄生物。

一隻環頸鴴從沙灘慢慢走過去，站在偽虎鯨橫躺的地方，單腳佇立地仰望，愣愣地看著這隻巨鯨的最後掙扎。那小小的灰褐背影，和偽虎鯨龐大的黑身，形成有趣的強烈對比。

他在想什麼?對這隻環頸鴴相當擬人化的動作，我突然莫名地感動起來。

一九八七年，三月八日，回到淡水河口採集海濱植物。北岸正在興建港口，動工已有一段時候。為了防止風沙在港灣內淤積，岸邊的沙丘也築起一道道防風林。那些原來是環頸鴴築巢的沙丘，早已立滿竹籬，竹籬上則附有努力向上攀伸的綠色植物。過不了多久，它們就不需要竹籬的扶持，沙丘也會化成草嶺了。日後，不止環頸鴴無法在此繁殖，連其他鴴鷸科水鳥也要放棄這塊最北邊的驛站。

我在沙丘上，難過地呆坐了一個下午，黃昏時，沿港邊的沙灘走回，結果在石礁區遇見一隻不良於行的環頸鴴，我好奇的走過去，輕易地捉住他。捧在掌心細細檢視，大概是羽翼沾滿港內的油污，變得行動困難。我掏出手帕，小心地幫他擦拭後，再放他離去。他沿著我剛才經過的路，往回走，仍舊一搖一擺，但似乎舒服許多，只是在未展翅的情

況下，無法證明是否能飛行。他孤獨地走著，最後，瘦小的身影沒入天色昏暗的沙丘。

從那天起，我未再回到河口北岸。

在這部小說付梓出版前，許多朋友都曾提供過寶貴的意見與知識，季季、王瑞香、王志誠、何華仁、莊永泓、黃慶、秦宗慧、劉春輝與顧秀賢，都是要一一致以謝意的。而最感謝的是「遠流出版公司」的王榮文先生，如果沒有他們的催生，我不可能寫出這部「動物小說」，甚而去構思下一部深藏內心的作品。

一九九〇年九月

國家圖書館出版品預行編目 (CIP) 資料

風鳥皮諾查 : 劉克襄動物故事 / 劉克襄作 . -- 三版 .
-- 臺北市 : 遠流出版事業股份有限公司 , 2024.1
200 面 ; 23×16.9 公分 . -- (綠蠹魚叢書)

ISBN 978-626-361-430-7 (平裝)

863.57　　112020818

綠蠹魚叢書 YLK101
《風鳥皮諾查》

作者：劉克襄
專案主編：朱惠菁
編輯：陳珮真
副總編輯：林皎宏
美術設計：雅堂設計工作室

發行人：王榮文
出版發行：遠流出版事業股份有限公司
地址：104005 台北市中山北路一段 11 號 13 樓
電話：（02）2571-0297　傳真：（02）2571-0197
郵撥：0189456-1
著作權顧問：蕭雄淋律師
輸出印刷：中原造像股份有限公司
1991 年 6 月 16 日初版（共 19 刷）
2007 年 3 月 1 日修訂版（共 7 刷）
2024 年 1 月 1 日三版一刷
定價：新台幣 350 元（缺頁或破損的書，請寄回更換）

ISBN 978-626-361-430-7
遠流博識網 http://www.ylib.com　E-mail: ylib@ylib.com
遠流粉絲團 https://www.facebook.com/ylibfans